文春文庫

御《お》鑓《やり》拝《はい》借《しやく》

酔いどれ小籐次（一）決定版

佐伯泰英

文藝春秋

目次

主な登場人物

赤目小籐次　豊後森藩江戸下屋敷の厩番。来島水軍流の達人にして、無類の酒好き
久慈屋昌右衛門　芝口橋北詰めに店を構える紙問屋の主
久留島通嘉　豊後森藩藩主
糸魚川寛五郎　豊後森藩江戸留守居役
高堂伍平　豊後森藩江戸下屋敷用人。小籐次の上司
京極高朗　讃岐丸亀藩藩主
佐々木與三次　讃岐丸亀藩道中奉行
黒崎小弥太　讃岐丸亀藩道中目付支配下
多門治典　讃岐丸亀藩江戸家老
花山大膳　讃岐丸亀藩江戸留守居役
森忠敬　播磨赤穂藩藩主
森五平治　播磨赤穂藩中老。大名行列の総責任者
新渡戸勘兵衛　播磨赤穂藩道中奉行

古田寿三郎　播磨赤穂藩藩士。大名行列のお先頭を務める。東軍新当流の遣い手
武石文左衛門　播磨赤穂藩江戸家老
羽村大輔　播磨赤穂藩江戸留守居役
稲葉雍通　豊後臼杵藩藩主
平内源左衛門　豊後臼杵藩道中奉行
村瀬次太夫　豊後臼杵藩家老
水村彦左衛門　豊後臼杵藩江戸家老
瀬戸内丹後　豊後臼杵藩江戸留守居役
村瀬朝吉郎　豊後臼杵藩上屋敷用人見習
鍋島直尭　肥前小城藩藩主
持永次郎三郎　肥前小城藩道中奉行
水町蔵人　肥前小城藩江戸家老
伊丹権六　肥前小城藩江戸留守居役
能見五郎兵衛　肥前小城藩藩士。柳生新陰流の遣い手

御鑓拝借《おやりはいしゃく》

酔いどれ小籐次㈠決定版

第一章　一斗五升の男

一

遥かに遠いところから女の声が呼んでいた。

「もうしもうし」

赤目《あかめ》小《こ》籐次《とうじ》は、

（ははあ、ここが三途《さんず》の川というところか）

と辺りを見回そうとしたが、薄闇が視界を閉ざしていた。

（もはや目も見えぬか）

今度は肩口を摑《つか》まれて揺すられた。

「お武家さん、しっかりなされ」

小籐次は目やにがこびりついた両眼を強引に開いた。

頭上を葉桜が覆ってさわやかな風と光に揺れていた。

初老の町人と十四、五歳の愛らしい娘が小籐次を見下ろしていた。老人と孫娘か。

「墓参りに参りましたら、林の中から大鼾《おおいびき》が聞こえてきましたでな、見に参じました。どうなされましたな」

小籐次は答えようとしたが、口も喉《のど》もからからで言葉が発せられなかった。

娘が手に閼伽桶《あかおけ》を提げていた。

「あ、あいすまぬ」

のろのろと起き上がって胡坐《あぐら》をかいた小籐次は、

「み、水を所望したい」

というと娘の閼伽桶を奪うように取って両手で抱え、ごくりごくりと喉を鳴らして飲み始めた。

芝車町の油屋の隠居、茂兵衛《もへえ》と孫娘のおたねは呆然とし、閼伽桶一杯の水を飲み干す小籐次を見詰めていた。

「美味《うま》い、甘露にござった」

小籐次は桶を娘に返した。無精髭《ぶしょうひげ》が伸びきった顎《あご》から水がぽたぽた垂れてきたのを拳でごしごし拭《ぬぐ》いながら、

「ここはどこでござろうか」

「芝二本榎《にほんえのき》近くの広岳院の墓にございますよ」

「思い出した」

小籐次は呟《つぶや》いた。

「今日は何日かな」

と重ねて聞いた。

「三月二十五日にございますけど」

おたねの答えに、

「しまった。二日も寝過ごしたか」

そう答えつつも小籐次は、

(殿の行列は神奈川宿を通過した頃か)

と考えた。

三月二十五日は、豊後《ぶんご》森藩藩主の久留島通嘉《くるしまみちひろ》一行が参勤下番《かばん》を許されて、国表へと出立する日だった。

「お侍、ここで二晩も寝られたといわれるか」

「二十五日なれば二日二晩、三日酔いか」

「二晩も熟睡とはどうなされたのかな」

「柳橋の万八楼にて大酒の催しがあってな、参加いたした」

「なんと酒に酔って墓裏の藪《やぶ》に寝られたというか」

「柳橋から大木戸までは歩いた覚えがあるが、屋敷が近くなって気が緩んだと見える」

呆《あき》れた茂兵衛がおたねに行こうと目顔で伝え、それでも関心があるのか、聞いた。

「お侍、いったいいくら飲まれたら二日も外で眠り込まれるな」

「三升入りの塗杯で四杯、いや、五杯まで飲んだところまでは覚えておる」

「三升入りの杯で五杯というと一斗五升ですな、途方もない」

「いや、老人、上には上がおってな、芝口の鯉屋利兵衛《こいやりへえ》どのは六杯半を平らげられた」

「呆れた」

と最後に吐き捨てた茂兵衛はおたねを伴い、飲み干された水を汲《く》みに広岳院の井戸端に戻った。

小籐次は墓石が並ぶ裏手の雑木林の藪からよろよろと立ち上がり、今まで眠り込んでいた寝床に向かって長々と小便をした。

酒臭い臭いが小便から漂った。

「出した出した」

腰を振るついでに持ち物を調べた。

塗りの剝《は》げた大小はさすがに腰にあった。懐に手を入れると一朱一枚と数十文の銭が入った財布は残っていた。

「待てよ、待ってくれ」

独り言を言いながら懐を探すと下帯の中から二両の包みが出てきた。

二位に入った褒賞の金子《きんす》だ。

(よしよし)

赤目小籐次はのろのろと立ち上がった。

五尺一寸（一五三センチ）の矮軀《わいく》を一層貧弱に見せているのは大顔だ。禿《は》げ上がった額に大目玉、団子鼻、両の耳も大きい。辛うじてしっかりと閉じられた一文字の口と、笑うと愛嬌《あいきょう》を漂わせる顔が小籐次の救いだった。

「さて屋敷に戻らねば」

己に言い聞かせた小籐次は広岳院の本堂に向かって合掌した。二晩ほど眠らせてくれた寺への感謝のつもりのようだ。

山門を潜《くぐ》って前の道を右に折れ、二本榎の辻に向かってよろめくように歩き出した腰が直《す》ぐにしっかりしてきた。

貧相な体に比して腰と足ががっしりと張っていた。短い足が地面をしっかりと捉えて大股《おおまた》に歩く。そのせいで腰から上の上体はまったくぶれることなく安定していた。

寺町を二本榎に差し掛かる。右手に折れれば大和横丁と呼ばれる大名家の下屋敷が連なっていた。

小籐次は、武蔵川越藩十五万石の下屋敷と筑後《ちくご》久留米藩二十一万石の中屋敷の門前を通り過ぎ、久留米藩の築地《ついじ》塀に沿って右に折れた。

白金猿町へと西進する道である。

(用人高堂伍平《たかどうごへい》様は、かんかんに怒っておられるだろうな)

柳橋万八楼の大酒の会の参加はむろん用人には無断だ。断ったところで許されるわけもない。

その上、久留島通嘉の参勤下番の行列を六郷《ろくごう》の渡しまで見送る習わしを欠礼していた。

道が三叉路に分かれ、疎水に沿った野道と変わった。

肥後《ひご》宇土《うど》藩三万石の下屋敷を過ぎると、辺りは急に田舎びた風景に変わった。空き地を挟んで豊後森藩下屋敷の崩れかけた塀が見えてきた。

赤目小籐次は森藩一万二千五百石の下屋敷に勤める徒士《かち》だ。役目は厩番《うまやばん》である。俸給は三両一人扶持《ぶち》、文化期、お店《たな》奉公の女中以下の給金だ。その上、この十数年、借り上げでまともに支払われたことがなかった。

一応二本の大小は差していたが、

「れっきとした武士」

とは言い難い身分だ。

赤目小籐次は少し傾きかけた門を潜った。すると庭掃除をしていた老爺《ろうや》が目敏《めざと》く見つけて、

「赤目様、何日も前から用人様が探しておられたぞ」

と言った。

「怒っておいでかのう」

「怒るなんて生易《なまやさ》しいものではねえ。早う御用部屋に出向かれて、廊下に大頭を擦《こす》り付けなされ」

庭掃除の老爺に脅かされた小籐次は、塗りの剝げた刀を抜きながら、台所に回った。

台所は無人だ。

藩主が国許《くにもと》に発《た》たれた今、下屋敷には十数人の奉公人しか残されていない。その者たちがこの刻限、御長屋の一室に集り、虫籠《むしかご》と団扇《うちわ》作りの内職に励んでいた。

足音を忍ばせて廊下を進むと御用部屋から算盤《そろばん》の音が響いてきた。

用人の高堂が内職の工賃を計算する音だ。

この工賃も三分の二は屋敷の費用に繰り入れられるのだ。

大名は禄高一万石以上をいうが、およそ二万石以下の家には分家が多い。だが、豊後森藩の家格は一万二千五百石ながら本家である。

参勤の時期になると藩じゅうの金子を掻《か》き集めて、なんとか行列を整えて、体面を保つのが常だった。

三百諸侯の中でも貧乏では五指に入る。内職も仕方のないところだ。

「赤目小籐次、ただ今戻りましてございます」

返答はなかった。

小籐次が恐る恐る顔を上げ、上目遣いに高堂を見た。

金壺眼《かなつぼまなこ》が怒りに燃えて小籐次を睨《にら》んでいた。

「赤目小籐次、いくつに相成る」

「はっ、確か四十八、いえ、九歳かと思います」

「代々のご奉公ゆえ大目に見てきたが此度《こたび》のこと許せぬ」

「はっ」

「そなた、無断にて大酒の会に出たそうな」

「柳橋の万八楼なる茶屋で開かれまして」

「黙れ！　愚か者が。藩主通嘉様が下番のため江戸を出立なさるは一月《ひと》も前から分かっておること、それを六郷の渡しまで見送りもせず大酒の会とな」

「いえ、大酒の会は二日前に終りましてございます」

「ならばその後、どうしておった」

高堂が怒鳴った。

「お屋敷に戻る道中、広岳院の墓に入り込み、眠り込んでおりました」

「戯《たわ》け者めが！」

「真《まこと》にもって申し訳なく」

「爺様も親父どのも忠義に奉公なされてきた。だが、そなたの酒好きには呆れてものがいえぬ。本日ただ今限り奉公を解く。早々に屋敷から立ち退《の》きなされ」

「はっ、真に申し訳ないことで」

と同じ言葉を繰り返した小籐次は、

「用人様、今後は心を入れ替え、忠勤に励みますゆえ、今一度ご奉公のこと、お願い申します」

と願うと頭を廊下に擦り付けた。

「ならぬ。今度という今度ばかりはならぬ」

「駄目にございますか」

小籐次は悄然《しょうぜん》と頭を上げた。

「それなれば最後に二つばかりお願いの儀がございます」

あっさりと応諾した小籐次の態度に驚いた高堂が聞いた。

「なんじゃ、言うてみよ」

「一つは新たな奉公先を探すときの用心に、ご当家を円満に辞したという書付が欲しゅうございます」

「なんと、そなたは新たな奉公先を見つける腹心算《はらづもり》か。これは呆れた」

「それがしも食べていかねばなりませぬゆえな。ああ、用人様、日付をしっかりと入れて下され」

「もう一つの願いとはなにか」

「死んだ親父はお屋敷の三島宮のお参りを欠かしたことはございませんでした。最後に三島宮詣《もう》でをお許し下され」

高堂は赤目小籐次が社殿の前で切腹をするのではと考えた。が、大酒の会に出て奉公をしくじった上に離藩の書付まで欲しいと願う人間にそのような覚悟はあるはずもないかと思い直した。

「差し許す。早々にお長屋を整理して参れ。その間に書付を用意しておく」

高堂伍平が宣告した。

森藩下屋敷の敷地は、幕府から拝領した五千六十四坪に自力で買い足した三千七百九十九坪の、合計八千八百六十三坪だ。

この買い足した抱え地の雑木林に、豊後森藩にある三島宮を勧請《かんじょう》した末社があった。

普段は下屋敷の奉公人も滅多に姿を見せることなどない。

小さな神殿の前は二百坪ほどの平地になっていた。

裸足の赤目小籐次は、拝殿に向かって二礼二拍一礼をなすとするすると下がった。

腰の一剣を落ち着けた。

この地は十数年にわたり、亡父の伊蔵《いぞう》が小籐次に一子相伝の剣を叩き込んだ場所だ。

伊蔵は十八歳で豊後森から参勤に従って江戸屋敷に出向いてきて、そのまま居残った。

勝手女中のさいと所帯を持って、二年後には小籐次が生まれた。だが、おさいは産褥熱《さんじょく》に侵されて、小籐次の成長を見ることなく亡くなっていた。

伊蔵は小籐次が五つの春を迎えたとき、この三島宮の森に連れ出して、来島《くるしま》水軍流なる剣法を教え始めた。いや、教えるなどという生易しいものではない。まだ年端《としは》もいかぬ子供を叩きのめし打ちのめして五体に覚え込ませた。

だが、このことを知る家中の人間はいない。

豊後森藩は、元々伊予《いよ》来島の河野水軍の一翼を担った家系来島家だ。だが、関ヶ原の合戦に西軍について敗軍となった。

廃絶を覚悟した来島一族を不憫《ふびん》に思った福島正則《まさのり》が本多正信に取り成して、存続を保った。だが、その代償は大きかった。

「海を捨て山へ」

と移封されたのだ。

豊後森の三島宮もまた村上水軍の守り神、伊予の大三島大山祇《おおやまづみ》神社を勧請したものだ。

つまり豊後森藩の下屋敷には豊後森を通じて伊予来島に繫がる、目に見えぬ系譜があった。

世に知られぬ来島水軍流なる剣もまた、伊予の水軍が不安定な船戦で遣う剣術を源にしていた。

赤目小籐次は社殿の前に正座し、瞑想《めいそう》した。

塗りの剝げた黒鞘《くろさや》の剣は膝の前に寝かされてあった。

小籐次が両眼を、

かっ

と見開き、膝の前の剣を摑むと片膝を立て、腰帯に戻した。

片膝を突いたまま、正面の拝殿を見詰めた赤目小籐次の口から、

「来島水軍流正剣十手脇剣七手、最後の奉納にございます。お見届け下され」

という言葉が洩《も》れた。

立て膝のままに小籐次の右手が躍ると柄《つか》に手がかかり、翻った。

光の中に備中国《びっちゅうのくに》の刀鍛冶・次直《つぐなお》が鍛造した二尺一寸三分の豪刀が躍った。

小柄な体のどこにその気迫が隠されていたか。

胴を抜かれた剣は、そのまま頭上に撥《は》ね上げられ、左右八文字に斬り分けられ、真っ向正面の幹竹割りに連鎖された。さらに切っ先が背後へと伸びて突かれ、赤目小籐次が立ち上がった。

揺れる船上での斬り合いを想定した技の基本は、どっしりと安定した腰の据わりにあった。

立ち上がった赤目小籐次の両足は左右に開いて、安定を保ち、腰は落とし気味に沈んでいた。

この姿勢から変幻の技が岩場に迸《ほとばし》る水のように繰り出され、炎のように燃え盛って止《とど》まるところを知らなかった。

赤目小籐次は左右前後に激しく動いた。だが、腰はふらつくことなく地面と水平を保ち続けた。

小柄な五体のどこにこのような無限の力が隠されていたか。

光を、風を両断し尽した剣が鞘に納まった。

動き始めてからおよそ一刻半（約三時間）が過ぎていた。

再び正座した小籐次は拝殿に向かって拝伏した。

長屋に戻った赤目小籐次は野袴《のばかま》に穿《は》き替え、わずかばかりの荷を整理した。

父と母の位牌《いはい》とわずかな着替え、破れかけた菅笠だけだ。

金子は大酒の会で得た二両を合わせ、三両と二分ばかりあった。

赤目小籐次は、草鞋《わらじ》の紐をしっかりと結んで履き、物心ついたときから住み暮らした長屋を最後に見回すと障子戸を開いた。

その足で厩に回った。

だが、厩の馬は一頭としていなかった。

赤目小籐次が世話をしてきた三頭の馬たちは参勤下番の行列に従っていたのだ。

「赤兎馬《せきとめ》、清高、若泉、見送りに参るでな」

がらんとしたお厩に呟きを残した小籐次は、御用部屋へと戻った。

「小籐次、そなた、本気で屋敷を出る気か」

高堂伍平が旅仕度の小籐次を見て言った。

「そなたはお長屋育ちゆえに知るまいが、早々にご奉公の口など転がってはおらぬ。それにそなたは五十路《いそじ》に手が掛かっておる、そのような者をだれが雇うものか」

「はあ」

高堂伍平は叱りつければ、

「お許しを」

と何度も願うはずと考えていた。

赤目家は下士とはいえ伊予来島以来の奉公だ。

謹慎させた後に役目に返す、その心積もりだった。だが、小籐次は、同輩の者に仲介を頼むこともなく、屋敷を出ていこうとしていた。

「用人様、書付を頂きとうございます」

「なんと、そなたは」

哀しげな顔をした高堂は、形ばかり用意した書付を差し出すと、

「頑固者が。雨風に当たればお屋敷勤めの有り難味が分かろうわえ」

と吐き捨てた。

赤目小籐次は両手で書付を押し頂き、

「これにてご当家と赤目小籐次は一切の関わりなくござ候」

と言い切った。

文化十四年（一八一七）陰暦三月二十五日のことだ。

二

翌々日の夜明け前、小田原宿脇本陣の厩に赤目小籐次の姿はあった。

江戸時代の旅は七つ（午前四時）発ちが習わし、大名行列とて同じことだ。

いや、年貢の何年分も借財のある豊後森藩にとって、いかに行列の日程を短縮するかが問題だった。となれば夜が明けぬ前の出立は当然のことだ。

江戸から小田原宿まで川崎、藤沢、小田原と、他藩の行列なれば三日をかけるところもある。

だが、森藩の上屋敷が品川宿近くにあることを利して、二日で小田原に到着していた。それもこれも道中の費《つい》えを節約するためだ。

小籐次は、品川宿から休みなしに小田原宿まで走り通し、半刻（約一時間）前に到着したところだ。

長年、自分が手塩にかけてきた三頭の赤兎馬、清高、若泉に用意してきた人参を与え、

「堅固に過ごせよ」

と声をかけて、首筋を撫でた。

どの馬も二百七十三里の長旅を務めるには老いすぎていた。

(おそらく豊後森領内にて余生を過ごすことになろう)

もはや三頭には来年の参勤に江戸まで出てくる活力はなかった。

気持ちが伝わったか、三頭の馬たちが小籐次に擦り寄ってきた。

脇本陣が急に騒がしくなった。

出立の刻限が近付き、道中奉行の支配下の番士が触れに回っているのだ。

「さらばじゃぞ」

小籐次は闇に紛れるように脇本陣を抜け出した。

箱根湯本の三枚橋界隈《かいわい》で箱根の山から流れ落ちてくる早川と須雲川《すくもがわ》が合流して一つの流れへと寄り合わさる。

激流が岩を食《は》む、流れの南岸に臨済宗大徳寺派の名刹《めいさつ》金湯山早雲寺があった。

北条早雲が晩年に隠居したところで、早雲の号もまた早川、須雲川から取られたという。

早雲の没後、その子の北条氏綱《うじつな》が大永元年（一五二一）に創建した寺で、北条五代が眠りに就いていた。

赤目小籐次は早雲寺の境内の一角に座し、今や旧主となった久留島通嘉の行列が箱根越えをするのを待ち受けた。

遠くに三枚橋が望めた。

徳川幕府は将軍家光の代の寛永十二年（一六三五）、武家諸法度を改定し、布告した。その第二条に、

一、大名・小名、在江戸交替、相定むる所なり。毎歳夏四月中参勤致すべし。
　従者の員数近来甚だ多く、且つ国郡の費、且つ人民の労なり。向後、其相応を以って之を減少すべし。但し、上洛の節は教令に任せ、公役は分限に随うべき事。

と明記された。

参勤交代は、江戸に各大名家の正室、嫡子を止《とど》めるところから考え、幕府への忠誠心を問う行事であった。また、莫大な掛かりは有力大名の国力を減じる狙い

もあった。

だが、大名諸家は参勤行列を藩の威勢と格式を他藩に誇る機会と考え、御道具、武具、衣装箱などを凝った造りで調えた。

雄藩の加賀百二万石、薩摩の七十三万石の豪華絢爛《けんらん》の行列と豊後森藩の一万二千五百石では家格が違いすぎて比べようもない。

元々大名行列は軍列である。

鉄砲隊、弓隊、鑓《やり》隊のお先三品が藩主の乗り物を守って進軍するのだ。

加賀前田家の参勤行列は五代綱紀《つなのり》公のとき、四千人にものぼったという。この人数が江戸から加賀金沢、あるいは金沢から江戸へと移動するのだから、費用も莫大なものになった。

幕府では度々華美になることを戒めた。

享保六年（一七二一）、幕府は参勤交代従者の指針を出している。それによれば、一万石では、騎馬三騎から四騎、足軽二十人、中間人足三十人とある。それでも豊後森藩の行列は家臣の従者を含めると総計百十数人に及んだ。

赤目小籐次の視界に行列の先頭が見えてきた。

江戸から豊後森は、大坂まで百二十三里、大坂から水路豊岡まで百二十六里、飛地の頭成湊《かしらなりみなと》から山道を九里登ってようやく玖珠《くす》郡森に到着する長旅だ。

御駕籠《かご》の脇に黒たたきの太刀打黒の一本御鑓が森藩の体面を保って進んでいく。

（ご堅固にて旅を続けてくだされ）

小籐次は頭を地面に擦り付けると、旧主の一行が通り過ぎるのを身じろぎもせずに見送った。

赤目小籐次が顔を上げたのは、行列が去って四半刻（約三十分）も過ぎたころだ。

両目には涙の跡が染みて残っていた。

（通嘉様の悔しさを、この赤目小籐次が思い知らせますぞ）

己に言い聞かせた小籐次は、早雲寺の境内から石段を下ると東海道に戻り、ゆっくりと箱根の山道を上がっていった。

女転がしの坂、石割坂、大沢坂を経て畑宿に出た小籐次は、蕎麦《そば》と暖簾《のれん》が下げられた茶店で山菜蕎麦を注文して腹を満たした。

江戸からの道中、縄で縛って腰帯にぶら下げた大根の古漬けを菜に握り飯を食してきただけだ。

醤油風味の汁と山菜が打ち立ての蕎麦とからまってなんとも美味《おい》しかった。

最後の一滴まで汁を飲みきった小籐次は、蕎麦代を縁台の端に置いた。さらに茶店の前に湧き出る岩清水で顔と手を洗い、手拭で拭いた。

その手拭を水で濡らして固く絞ると片手に持って坂道に戻った。坂道で流す汗を拭おうと思ってのことだ。

日の回り具合からして刻限は九つ（正午）前後か。

赤目小籐次の半町前を茶店で一緒だった女連れの一行がいく。

江戸の大店の主《あるじ》夫婦と娘に小女、それに手代の五人連れで箱根へ湯治にでもいくのだろうか。のんびりとした足取りだ。

さいかち坂、樫《かし》の木《き》坂、猿滑り坂、銚子口坂と急峻な上り坂が続く。

陽が雲間に入ったか、両側から峠道へと差しかける樹木の枝葉と一緒になって、道が急に暗くなった。

先をいく女連れの一行の賑やかな話し声も途切れた。

日中とはいえ、辺りが急に暗く沈み込んで不安になったと見える。

小籐次と一行の前後にはだれもいなかった。

重い沈黙のままに一行は、笈《おい》ヶ平《たいら》の立場《たてば》へと急ぐ様子だ。

その足がふいに止まり、娘の悲鳴が響いた。

小籐次は、破れた菅笠の縁を手で持ち上げ、前方を見た。

石畳の箱根道の杉林から六、七人の男たちが降りてきて一行の前後を塞《ふさ》いでいた。浪人の格好もあれば、渡世人風の男もいた。

箱根の名物、山賊追剝《おいはぎ》の類《たぐい》らしい。

「なにをなされます」

手代が大声を上げた。

そのとき、雲間から陽が顔を覗《のぞ》かせた。

樹間から光が差し込んで、山賊の一人が抜いた刃が光った。

小籐次は気配もなく間を詰めた。

「有り金一切置いていけ。命まで取ろうとはいわぬ！」

頭分は六尺を優に超えた大兵巨漢で、刃渡り三尺はあると思える長剣を腰に落とし差しにしていた。配下には手槍を持った男も混じっていた。

「湯治の者にございます。金子はさほど持参しておりませぬ」

と言いながら、主が懐から財布を差し出した。

頭分が引っ手繰《たく》ると掌で重さを計っていたが、

「大家の主一家が湯治に行くにしては財布の中身が軽いな」

「いえ、道中は危のうございますゆえ、後日為替《かわせ》で送らせる算段にございます」

と言い抜けようとする主にせせら笑って命じた。

「娘と手代を連れて参る」

「ひえっ！　それればかりはお許し下され」

「娘は、われらが手慰みにした後、三島の飯盛旅籠《はたご》に叩き売ればなにがしかになろう」

と言いさした頭分が、

「小寅《ことら》、手代の背中には百両やそこらの金子が入っていると睨んだ。見てみよ」

と重ねて言うと、手代が後退《あとずさ》りした。

にたにた笑いのやくざ者が近寄り、無精髭の浪人が手槍の穂先で手代の背を突いた。

「お、お助けを」

前後を挟まれた手代が恐怖に震えて立ち竦《すく》んだ。

「手代、背の包みを寄越せ。抗《さか》らうなれば田楽刺しに致してくれん」

手槍をさらに扱《しご》く無精髭の浪人が赤目小籐次に気付いた。

いつの間にか小籐次が濡れ手拭を片手に輪の外に立っていた。

「なんだ、おまえは」

「通りがかりの者だ」

「ならばさっさと行け」

赤目小籐次の貧相な風采を見た無精髭が、手槍の穂先で峠の上を指した。

「昼間の刻限と申すに大胆な所業にござるな」

「そなた、槍の錆《さび》になりたいか」

「まだ死にとうはない」

と言いつつもその場を動こうとしない赤目小籐次に焦《じ》れた無精髭が、五尺ほどの短槍の穂先を気配もなく小籐次の胸に突き出した。

修羅場を潜ってきた輩《やから》と見えて、残忍な行動で迅速な動きだった。

小籐次の体が横へ滑って穂先を避けた。

手に提げていた濡れ手拭が虚空《こくう》に翻ると、槍の穂先と柄の間に絡んだ。

小籐次が、
ひょいっ
と手拭を持つ手を捻《ひね》った。すると手槍が宙に舞い上がり、杉林の崖へと飛んでいった。

「おのれ、やりおったな！」

槍を飛ばされた無精髭が刀の柄に手をかけた。

その内懐にするすると入り込んだ小籐次の濡れ手拭が再び振られると、その端が顔を、
ぱしり
と打った。

濡れ手拭で叩かれただけの無精髭が横倒しに吹き飛んだ。

「こやつ、なかなかやりおるぞ。囲んで叩き斬れ！」

頭分が叫んで注意を喚起し、長脇差を振り翳《かざ》した小寅と呼ばれたやくざが突っ込んできた。

三度、手拭が翻って襲撃者の面を叩き上げ、立ち竦んだ小寅の股間を小籐次が蹴り上げた。

小寅が路傍に転がり悶《もだ》えた。

「おれがやる！」

頭分が仲間を引かせると大剣を抜いた。

輪が大きく散った。

小籐次は襲われた湯治の一行を背に隠すように胸を張った。

「悪さばかりを繰り返して生きてきたか」

小籐次がそういうと手拭を路傍に捨てた。

六尺に垂《なんな》んとする巨漢と五尺そこそこの小籐次は間合い一間で向き合った。

巨漢は刃渡り三尺の豪剣を八双に引き付けていた。

赤目小籐次の剣は未だ鞘の中だ。

「名を聞いておこうか」

小籐次の問いに、

「鉄心無双流浦賀弁蔵常義」

「それがし、赤目小籐次である。箱根の銚子口坂が浦賀弁蔵の死に場所と決まった」

「吐《ぬ》かせ！」

小柄な小籐次を押し潰《つぶ》す勢いで浦賀弁蔵の剣が雪崩《なだ》れ落ちてきた。

小籐次がするりと懐に入り込むと柄に手を掛けるが早いか、抜き放った。

二尺一寸三分の刀身が伸びやかにも斜めに浦賀の胴を深々と斬り上げ、虚空で反転すると反対の肩口を斬り下ろしていた。

目にも止まらぬとはこのことだ。

来島水軍流の一手が宙に鋭角の弧を描く、

「波頭《なみがしら》」

だ。

勢い余った浦賀が懐から財布を落とし、翻筋斗《もんどり》を打って谷底へと杉林の崖を転がり落ちていった。

呆然としていた山賊どもを赤目小籐次が睨み据えた。

「次はだれかな」

小籐次の一睨みに、

「わああっ！」

と叫んだ山賊の残党が山へと走り消えていった。無精髭の浪人と小寅も必死に仲間の後を追う。

小籐次は血振りをすると刀を鞘に納め、落ちていた財布を拾い、

「大事のうてよかった」

と差し出した。

未だ驚きの余り言葉も発せられない主の手に財布を押し付けると、

「さらばじゃ」

と笈ヶ平へと上がっていった。

「ち、ちょっとお待ち下され、お武家様」

ようやく気を取り直した主が家族や奉公人と一緒に石畳を走ってきた。

仕方なしに小籐次は足を止めて待った。

「お武家様、驚きのあまりにお礼の言葉も申し上げず、年甲斐もないことにございました。一家の危難をお助け頂きまして真にありがとうございました。私は、江戸芝口橋近くで紙問屋を営みます久慈屋昌右衛門《くじやまさえもん》、お助けいただいたのは娘のやえに手代の浩介《こうすけ》にございます」

昌右衛門が腰を折って頭を下げると娘のおやえら四人も見習った。

「待たれよ、行きがかりでああなったのだ。そなたらが礼を述べることもない」

手を顔の前で振った小籐次に、

「まずはお名前をお聞かせ下され」

と昌右衛門が迫った。

「豊後森藩、ああ、いや、浪々の身の赤目小籐次だ」

「赤目様はどちらに参られるので」

「箱根、いや、あてはない」

「ならば、私どもは芦の湯に湯治に参るところ、今宵一夜、お付き合い下され。お礼がしとうございます」

「それがし、湯治などしたこともない。浪々の身で贅沢の味を覚えてもいかぬ」

「でもございましょうが」

押し問答を打ち切ろうと小籐次は、

「ともあれ、そなたらの湯治宿まで同道いたそうか」

と言うと六人で元箱根を目指すことになった。

一行の先頭で肩を並べた昌右衛門が小籐次に聞いた。

「先ほど藩名を申された後、浪々の身のと言い換えられましたが、なんぞご事情がございますので」

昌右衛門は小籐次よりも三つ四つ年上か。

「それがし、酒が好きでな。柳橋の茶屋で開かれた大酒の会に参加して、藩主の参勤下番の見送りに加わることが出来なんだ。酔い喰らって屋敷近くの寺に二晩眠り込んでいたのだ」

「呆れました」

「用人どのにえらく叱られて奉公をしくじった」

「浪々の身で箱根に湯治とも思えませぬが」

「旧主が先ほど箱根越えをなされたところでな、陰ながらお見送りしてきたところだ」

「なんとまあ律儀なお方で」

四方山《よもやま》話をしながら峠を越え、元箱根から右に折れて芦ノ湖ぞいに芦の湯へと辿《たど》り着いた。

久慈屋一行の旅籠は二子屋という古い湯治宿で、馴染みのようだ。

「久慈屋様、お待ちしておりましたぞ」

番頭に迎えられる昌右衛門一行を送り届けた小籐次が、

「それがしはこれにて」

と踵《きびす》を返そうとすると昌右衛門が飛んできて手を取った。

「赤目様、それでは私どもの気が済みませぬ、一晩だけお付き合い下さい。ほれ、そなたたちも命の恩人様にお頼みせぬか」

と五人で引き止められ、小籐次は初めて湯治を体験することになった。

昌右衛門は赤目小籐次のために二子屋に一部屋を取り、

「今宵はお好きな酒をたっぷりと飲んで頂きますぞ」

と言うと逃げ出さないかと監視するように湯へ誘った。

赤目小籐次は初めて温泉の湯に身を浸して、

「これは気持ちよいものじゃな」

と至福の一時《いっとき》をしみじみ感じた。

「赤目様、箱根にはご藩主のお見送りだけのために来られたのでございますか」

「いや、他にも用があってな」

「ならばご用がお済みになるまで二子屋に逗留《とうりゅう》なされ」

「昌右衛門どの、湯治宿に泊まり続ける余裕はござらぬ」

「そのようなご心配は無用に願います。久慈屋五人の命を助けて頂いた方にございますでな」

昌右衛門はその気のようで、

「ところで大酒の会ではいくら酒を召し上がられましたな」

「三升入りの大杯で五杯ほどにござった」

「なんと一斗五升をお飲みになった、これは魂消《たまげ》た、魂消ました。ならば今宵は四斗樽《しとだる》を用意しますでな、存分にお飲み下され」

と請合ったものだ。

三

夜明け前、赤目小籐次は芦の湯の湯治宿二子屋から芦ノ湖へと下る坂道を歩いていた。

晩春の箱根に寒さが残っていた。それでも山桜の白い花が咲いていていた。

夕餉《ゆうげ》の膳に付けられた酒を二合ほど飲んで盃を伏せた。

「おや、一斗五升の酒飲み様はどうなされました」

「過日はいかほど飲めるか試してみたかっただけにござる。浪々の身に大酒は禁物、程ほどにしておきまする」

小籐次は早々に食事に取り掛かった。

旅籠に四斗樽をと注文した昌右衛門は、ちょっと残念そうだ。

旅の疲れに久慈屋一行も夕餉の後、早々に床に就いた。

小籐次はふわふわの夜具でぐっすりと眠り込み、八つ半（午前三時）には目を覚ますと旅仕度を手早く終えて、二子屋を抜け出してきたところだ。

これ以上、久慈屋に世話になると贅沢が身につく、困るのは小籐次だ。それになにより久慈屋に迷惑をかけたくなかった。

赤目小籐次は賽《さい》ノ河原に出ると菅笠を取り、背中の風呂敷包みを下ろした。さらに古びた羽織を脱いで丁寧に畳むと菅笠、包みと一緒に岩の上に置いた。

未だ箱根山中は夜の気配を残していた。

小籐次は、両足を開き気味にして腰を沈め、ゆっくりと備中次直を抜いて、来島水軍流の正剣十手脇剣七手を丹念に繰り返した。

同じ刻限、小田原宿本陣に一番拍子木が鳴り響いた。

この夜、本陣に宿泊していたのは讃岐《さぬき》丸亀藩五万一千石、京極長門守高朗《ながとのかみたかあきら》とその供の一行だ。

一番拍子木は御目覚めの合図だ。

脇本陣や分宿した旅籠でも聞こえていた。

道中奉行の佐々木與三次《よさじ》は、本陣上段の間で高朗が起きたことを確かめさせると、二番拍子木を打たせた。

二番拍子木は拵《こしら》え、出立の準備である。

さらに本陣、脇本陣、旅籠、厩が活気づき、慌ただしくも出立の物音を響かせた。

他藩の城下に滞在することは、なによりも気を遣うことであった。

城下を通過するだけで互いに使者を送り、迎えて挨拶を済ませるのは当然の習わしだった。

他藩の城下滞在ともなれば格別で、それゆえ宿泊を避けるのが心得だった。だが、東海道の最大の難所の箱根越えを前にして大久保家の小田原城下に宿泊し、明日に備えるのはどこの藩でも行うことであった。宿場間の距離、難所の峠越え、さらに関所通過を考えれば、致し方ないことであった。

大久保家でも馴れたもので出来るだけ儀礼を簡便にして、他藩の通過に便宜を図った。

佐々木は江戸出立に当たり、小田原城下で他藩の行列や幕府の使節一行と相宿にならぬように気を配っていた。それだけに朝の拵えも滞りなく進行していた。

朝餉の刻限だが、丸亀藩では夕べ握らせておいた握り飯を供の者たち全員に食べさせて、少しでも出発を早くしようとしていた。

小田原と三島宿、およそ八里の距離だが天下に名高き難所ゆえ、道中に余裕を持って旅をと考えていた。

むろん朝餉の膳を抜いた分、十文の値引きを小田原本陣にさせていた。

一人十文、随行百二十七人で千二百七十文の節約だ。金換算で一分ほどだが塵《ちり》も積もれば山だ。

「奉行、三番拍子木を打たせますか」

目付の多田三右衛門が伺いを立てた。

「待て」

御寝間から御小姓がまだ姿を見せなかった。

「お伺いを立てまするか」

と多田が奥座敷を案じたとき、御小姓が姿を見せて、

「御仕度調いましてございます」

と報告した。

高朗の朝餉が終ったということだ。

「よし、三番拍子木を打て」

小田原本陣に三つ目の拍子木が鳴り響き、供廻《ともまわり》が命じられた。

本陣の玄関先には御駕籠が用意され、門前では行列がすでにかたちを見せていた。

後は一番から三番拍子木の間に御洗顔、身仕度を調えられ、朝餉を食された藩主京極高朗の出座を待つばかりだ。

佐々木與三次は家老の高木忠左衛門とともに式台のかたわらに控えた。

廊下に足音がして、京極高朗が姿を見せて、玄関の内外に控える家臣団を見回した。

高木忠左衛門が、

「殿にはご機嫌麗しゅう存じ上げます」

と挨拶をなした。

「忠左衛門、箱根越えじゃが、天候はどうか」

「殿、快晴にて旅日和かと思います」

「うむ」

と頷《うなず》いた京極高朗は、御駕籠に乗り込んだ。

丸亀藩の歴史は、尾張の富裕郷士の生駒家に始まる。

生駒親正《ちかまさ》は豊臣秀吉に讃岐一国を与えられ、徳川の御世に移っても十七万一千八百石が安堵《あんど》された。

初代生駒一正、二代正俊と相続され、正俊が若くして亡くなり、三代は幼い高俊に引き継がれた。

ここで後見の外祖父藤堂高虎《とうどうたかとら》がからんでの藩内抗争に発展し、生駒家は出羽矢島一万石に減封、事実上改易された。

この時点で讃岐一国は、伊予西条、伊予大洲《おおず》、伊予松山三藩の預かりとなった。

その後、西讃岐を分与された山崎家治が、五万石で肥後富岡より転封して、俊家、治頼と継ぐが無嗣《むし》を以って山崎家は断絶した。

明暦三年（一六五七）のことだ。

播磨竜野より六万石で京極高和が着任してきたのは、翌年二月であったという。

京極家は宇多源氏の出で、佐々木信綱の子、氏信から発していた。

氏信は近江国で六郡の守護に、また尾張国長岡荘にも領地を有して、京都京極高辻に住んでいたので、京極氏を称えてきた名門だ。

讃岐転封の京極家では高和の後、高豊、高或《たかもち》、高矩《たかのり》、高中と引き継がれ、六代高朗の時代を迎えていた。

高朗は、在職四十九年に及んだ父の後を受けて文化八年（一八一一）に十四歳で藩主の座に就いていた。

まだ二十歳の若い藩主だ。

儒臣の加藤梅崖、巌村南里について勉学し、後年には琴峰と号して詩を能《よ》くして、『琴峰詩集』を残した文人派の藩主であった。

また一面、若いゆえに癇《かん》に走り、我儘《わがまま》な性格も見受けられた。

「お発ち！」

本陣の主たちが羽織袴で見送る中、京極家の参勤下番の行列は東海道に戻ると本町、仲宿、御花畑、山角町、早川口、板橋へと進んでいくのだ。

江戸参府の折、国許出立のとき、他藩の城下を通過するときなど、威儀を正して行列をした。

だが、小田原城下出立とはいえ早朝のことだ。

隊列を組んだだけで、奴《やっこ》は御鎗を肩に担いで黙々と箱根へと向かう。

道中奉行の佐々木は、行列の発駕を見送りながら、今一度、丸亀藩道中法度を頭に浮かべて、遺漏がないか点検した。

何百人もの家臣団、お雇いの中間人足と男ばかりが二十日以上も旅をするのだ。

思わぬ異変が起きて、藩の体面を汚すばかりか、時に切腹者を出す事態も起こった。

道中奉行の任務は道中無事を全うすることだ。

「多田、支払いは定法どおりに済ませたな」

「すべて遺漏なきよう済ませてございます」

「押買もないな」

「ございませぬ」

目付の返答にようやく安心した佐々木は、本陣の主に礼を述べて、行列を追いかけていった。そして、自らの胸の内に、

「我慢我慢、道中にいかなる災難が降りかかろうとも理非を決めるのは丸亀に戻ってからじゃぞ」

と言い聞かせた。

赤目小籐次が剣を遣い始めて半刻すると芦ノ湖が白み始め、湖面から朝靄《あさもや》が賽ノ河原に流れてきた。

山の斜面に咲き残った山桜がぼうっとした色合いを見せていた。

小籐次の額に汗が光った。

さらに一刻ほど剣を遣い続けた小籐次は、動きを止めた。

湖の岸辺に行き、諸肌脱ぎになると湖の水で上半身と顔の汗を拭い去った。

大観山の端から上がった陽光が湖面を照りつけた。

小籐次は、菅笠を頭に戻し、背に包みを負った。そして、箱根の関所に向かった。

関所は明け六つ（午前六時）に門を開き、暮れ六つ（午後六時）に閉ざした。

開門を待ちわびていた旅人が関所内へとちょうど流れ始めた。

小籐次は、関所の二町ほど手前にある茶店が、

「名物甘酒」

の暖簾を上げたのを見て、

「御免」

と声をかけ、縁台に座った。

その界隈は街道が膨らんで広場のような広がりを見せ、茶店や旅籠が軒を連ねていた。

急ぎ旅に峠を上がってきたが、関所の閉門で箱根山中に泊まることになった旅

人や物見遊山《ゆさん》にきた人々を泊める旅籠からも旅仕度の一行が姿を見せて、関所に向かった。

「旅の人、見てのとおり今店を開けたところだ。竈《かまど》にも火が入ってねえよ。甘酒をつくるにもだいぶ時間がかかるぞ」

「かまわぬ、冷やでよい。酒を茶碗でくれ」

「へえっ」

主は奥から茶碗酒を運んでくると、小籐次の存在を忘れたように朝の仕度に忙しく立ち働いた。

同じ刻限、京極高朗の大名行列は小田原と箱根の間宿《あいのしゅく》の畑宿に差し掛かり、休息をとった。

御駕籠を降りて本陣の座敷に入る高朗を玄関下から見送った佐々木與三次は、道中目付の多田三右衛門を呼ぶと、下士二人を案内につけて箱根の関所へ、

「丸亀藩行列通過」

を先触れさせた。

大名行列が関所を通過するには決まりごとがあった。

元禄十五年（一七〇二）に五老中連署で御三家、大名諸家、直参《じきさん》高禄などの箱根関所の通過の儀礼が定められた。

それによれば大名家の場合は、

「下座の礼ある御方様へは、番頭は石垣の下へ居、平番は石垣の上に居、同心共は其末に居る。常大名には羽織袴、同心は看板の事」

という決まりがあった。

関所側に格式なりの礼儀を以って遇するようにとの通達だが、通過する大名家も前もって先触れを立たせて準備をさせた。

佐々木與三次は、本陣の門前で多田ら三人の先触れを見送ると、思い思いの格好で休む供たちを眺めた。

外様大名丸亀藩五万一千石には御先挟箱、御鑓二筋、御立傘一本の御道具が許されていた。

佐々木與三次は髭奴《ひげやっこ》が太刀打青貝拵えの御鑓を、本陣前に植えられた松の根元に寝かせておいているのを見て、

「奴、御鑓を地べたに転がすとは何事か。御鑓は御藩の体面ぞ！」

と叱りつけた。

髭奴が慌てて、御鑓を松の枝に立てかけた。

小籐次は、茶碗を両手に持つと嘗《な》めることもなく街道を行き来する人々を飽きずに見ていた。

峠を上ってきた人々は芦ノ湖湖岸の大鳥居に到達して、その風景に息を呑み、辺りの山々の春景色にしばし疲れを忘れる。そして、汗の引いた頃合、関所を通過する緊張を思い出す。

そんな旅人たちが大鳥居から関所前にかけて湖岸の道に多く見かけられた。

小籐次は余所目《よそめ》にはのんびりとそんな光景を楽しみ、ようやく茶碗酒に口をつけて、ちびりちびりと惜しむように嘗めながら、ただ時を待っていた。

小田原から山道四里で、

「入り鉄砲と出女」

の調べが厳しい箱根の関に到達する。徳川幕府では箱根、栗橋、碓氷《うすい》などに関所を設けて、鉄砲の江戸入りと大名諸侯の奥方の関所からの出を厳しく検《あらた》めた。

七つ（午前四時）発ちした旅人が箱根に差し掛かるのは、昼前のことだ。

関所を無事通過した人々は三島宿まで二里二十八町の下り坂である。

箱根八里というが三島宿、小田原宿双方から出発した人がなによりも緊張し、ほっとするのが関所の到着であり、通過だ。

五つ半（午前九時）過ぎ、茶店の主が茶碗酒を頼んだ客のことを思い出し、

「お客さん、竈の湯が沸いただ、なんぞ食べるかねえ」

と聞きに来た。

「蕎麦をもらおうか」

「へえ」

蕎麦が運ばれてくるまで四半刻が費やされ、小田原宿を出立した健脚の旅人たちが姿を見せる刻限になっていた。

小籐次は蕎麦を啜《すす》り上げると酒と蕎麦の代金を支払い、

「長居をしたな」

と破れた菅笠を手に立ち上がった。

そのとき、大鳥居を潜って丸亀藩の目付多田三右衛門と従者二人が姿を見せると、急ぎ足で関所へと向かっていった。

小籐次と多田らは大鳥居と関所の中間ですれ違った。

小籐次は元箱根へと戻り、街道を外れると朝方目をつけていた竹林に入ってい

った。

屏風《びょうぶ》山の山裾に竹林が広がっていた。

小籐次は竹林を仔細に調べて歩くと、径一寸五分（四・五センチ）ほどの竹に目を止めた。

拳で幹をこつこつと叩いた後、

「これでよい」

と独り言を洩らし、脇差を抜くと地表から二尺ばかりの幹を横に薙ぎ切った。両断された竹が音もなく倒れ掛かるのをもう一方の手で摑んだ赤目小籐次は、丈七尺（二・一メートル）ばかりに目で測って切った。さらに枝を払うと船頭が使う竿《さお》のようなものが出来た。

来島水軍流は船上の戦《いくさ》で生まれた剣法だ。

得物《えもの》には櫓《ろ》も竿も利用された。

ゆえに赤目小籐次は父親から武器としての竹棒、櫓の使い方を叩き込まれた。

小籐次はさらに竹の一節を切りとって小刀で上口に穴を開け、竹片を削って蓋にした。

丸亀藩京極高朗の一行が休息を終えて、畑宿の本陣前を出立していった。

佐々木與三次は、行列の先頭に立つと石畳の曲がり坂を上がっていった。

天気もよい、朝早く出立したゆえに昼前には関所を通過し、三島宿へと下り坂にかかろう。

まずは予定どおりだ。

前方で、
ききききっ
という怪しげな鳴き声が響き、女の悲鳴が重なった。

佐々木が曲がりくねった坂上を見ると、野猿の群れが旅の女たちに襲いかかっていた。

「克五郎」

佐々木は道中の護衛部隊の中核といえる物頭の飯沼克五郎を呼ぶと下士を伴わせ、

「猿を追い払え」

と命じた。

飯沼は竜野藩以来、丸亀京極家に伝わる神明流の達人で、藩でも三指に入る剣の遣い手だ。

「はっ」

と畏まった飯沼克五郎らが坂上へと走っていった。

そのせいで行列が一時歩行を止めた。

小籐次は七尺の竹棒と竹筒を手に提げて、街道を見下ろす山の斜面に戻った。

再び先ほどの茶店に戻った小籐次は、竹筒に酒を分けて貰い、銭を払った。

芦ノ湖へ突き出した岬の岸辺に出た小籐次の目に、夜明け前、体を動かした賽ノ河原が、さらにその背後に屏風山の北側を巻くように芦ノ湖へと下ってくる旅人の姿が見えた。さらに関所の場所を確かめると街道を往来する人々を眺めた。

(よし)

赤目小籐次は用意していた真新しい草鞋に履き替え、古びた菅笠の紐を結び直した。

(通嘉様、ご無念をお晴らしいたしますぞ)

と心の中で言いかけた小籐次は、街道を見上げると湖岸の小岩に酒の入った竹筒を立て、座った。そして、瞑想した。

あとは時が来るのを待つだけだ。

四

湖を吹き渡る風に乗って、ざわめきが伝わってきた。

赤目小籐次が目を開けると、讃岐丸亀藩京極長門守高朗の大名行列が元箱根の大鳥居を潜って姿を見せ、旅人たちが路傍に寄ったざわめきと分かった。

もとより御三家ではないから、

「下に下に」

と叫ぶことはない。

だが、箱根の関所付近から元箱根にかけては、諸国から往来する人々が多い場所だ。それに小田原からと三島の宿から朝発ちしてきた旅人がちょうど箱根山中ですれ違う刻限でもあり、一日のうちでも賑やかな時を迎えていた。

丸亀藩でも江戸参府、国表帰国、さらには他国の城下町通過と同じく供揃《ともぞろ》えをなして、道中の行装もきらびやかに二人の髭奴が行列の先頭に立ち、毛鑓を投げ交わして威勢を払いつつ、関所へと向かってきた。

御先箱は藩主の衣服を入れる四つ目の家紋入りの挟箱で、御駕籠の前に出す格式である。

御鑓は本来対鑓などだが、五代将軍綱吉の時代に、

「諸事軽く仕《つかまつり》て候様。諸侯江御沙汰」

の触れがあり対鑓が一筋に減らされていた。

その代わり、京極家が戦場を往来した時代の、藩主の持鑓の十文字鑓を並べていた。

丸亀藩五万一千石の家格が御先箱、御鑓、十文字持鑓、御立傘に象徴されていたのだ。

「讃岐丸亀藩の行列だとよ」

「京極様五万一千石かえ」

そんな旅人が交わす声が小籐次の耳に入った。

小籐次はかたわらの酒筒を取ると栓を抜き、酒を、

ごくりごくり

と飲み干し、最後に残った酒を口に含んで刀の柄に吹きかけた。

岩場から立ち上がった赤目小籐次は、竹棒を小脇に抱えると街道へと出ていっ

た。

丸亀藩目付の多田三右衛門は箱根関所への先触れの務めをなし、大鳥居前で行列を出迎えると道中奉行の佐々木與三次に復命した。

行列が一旦停止した。

「ご苦労であった」

「佐々木様、関所の向こうも天候よろしいようでございます」

「山の天気は里からでは分からぬし、変わりやすいでな、案じたがこの分なれば三島本陣までまず無理なく下れよう」

と答えた佐々木は、京極高朗の御駕籠のそばまで行くと、

「殿、箱根の関所に間もなく差し掛かります」

と報告した。

「うーむ」

という若い声が応えた。

幕府は関所改めを寛永二年(一六二五)以来、度々出した。

その触れは諸国各地の関所の高札にも掲げられてあった。

基本となった寛永の関所改めの一条に大名家などの通過の決まりが触れてある。

一　公家・門跡の大名衆、前廉《まえかど》より其沙汰これあり候わば改めに及ばず。但し不審の事あらば格別たるべき事。

つまり御駕籠の戸を開いて顔を関所役人に見せずとも済む。だが、東海道の要衝の箱根関通過が緊張を強《し》いられる一瞬であることに代わりはない。

再び動きを止めていた行列が進み始めた。

晩春の長閑《のどか》な昼、二百三十余人の大名行列が芦ノ湖の湖畔《こはん》の道を行く光景はまさに一幅の絵であった。

赤目小籐次は行列の道先を空けるために左右の路傍に下がって控えた旅の者の後ろをゆっくりと行列の先頭へと近付いた。

旅籠や茶店が軒を連ねる一帯で道幅も広ければ、人込みも一段と多かった。

「旦那様、きれいなものですねえ」

「江戸で出くわす行列は煩わしいばかりだが、こうやって箱根で見る道中は威勢があってよいものだな」

江戸から来た湯治の夫婦者が言い交わす背後で足を止めた小籐次は、小脇の竹棒を立てた。

「頃合の間合い」

と見た小籐次は、

「御免」

と見物の人間を搔き分けて、行列の前に出た。

小籐次は、丸亀藩の参勤下番の行列を正面から眺めた。

鉄砲足軽、弓足軽、槍足軽の道具三品を先頭に家臣、医師、陪臣、御走衆、御小人衆、足軽、人足、御茶屋衆と総勢二百三十余人が長い行列を作っていた。

小籐次は、街道の中央に行列を塞ぐように立っていた。

それに気付いた塗一文字笠を被《かぶ》った組頭が行列から走り出ると小籐次に近付き、

「寄れ、脇へ寄れ！」

と叱った。

「讃岐丸亀藩京極長門守様のご道中でござるな」

「問答無用」

と応じた物頭が、

「寄れ、寄らずば斬り捨てるぞ！」

と刀の柄に掛けた柄袋に手をかけ威嚇した。

「ちと仔細があって京極家の御鑓拝借致す！」

小柄な体のどこにそのような大声が潜んでいたか、朗々とした赤目小籐次の宣告が箱根山中に響き、行列を遠巻きに囲むように控える諸国からの旅人の耳に届いた。

「なにを戯けたことを抜かすか、狼藉《ろうぜき》者が！」

と組頭が応じて柄袋を取り捨てたとき、赤目小籐次は立てた竹棒の真ん中を両手で摑み、

ぐるぐる

と風車のように回しながら行列の先頭に向かって突進していた。

まず剣を抜きかけた組頭が竹棒に打たれて転がった。

赤目小籐次の必死の形相に鉄砲足軽、弓足軽たちが思わず左右に散って逃げた。

その間を小籐次は一気に御駕籠に向かって走った。

矢箱を担ぐ足軽がよろけるように茶屋のほうに避けた後、鑓足軽の一人が勇敢にも長柄の鑓を突き出して、走り来る小籐次の足を払おうとした。

長柄が回転して小柄な襲撃者の足を打ち払おうとした瞬間、機敏にも小籐次の体が宙に舞い、目にも止まらぬ動きで竹棒が足軽の肩口を叩いて転がした。

倒れた足軽が起き上がりざま襲撃者を振り向いたとき、すでに小籐次は数間先を走っていた。

「狼藉者にございますぞ！」

行列の前方から響く声に目付の多田三右衛門と物頭の飯沼克五郎は、直《ただ》ちに挽《ひき》革《がわ》の柄袋を取り去り、鯉口《こいぐち》を切ると前方へと走った。

道中奉行の佐々木與三次は、御駕籠側《そば》に走ると家老の高木忠左衛門に、

「お乗り物をお固め下され」

と願い、近習衆、大番組の面々を御駕籠に寄らせた。

「何事か、與三次」

御駕籠から甲高《かんだか》い高朗の声が響いた。

「乱心者のようにございます」

道中奉行は赤目小籐次の宣告を聞いたにも拘《かかわ》らず、こう返答した。

いかなる理由であれ、道中での騒ぎの決着次第では、丸亀藩改易の危難に見舞われる。そこで道中奉行はまず降りかかる危難を、

「尋常の者ではない、乱心者の仕業」

と仮定して、事を処理する心得があった。

乱心者の仕業となれば、

「災難」

である。

幕府も怱々《そうそう》に咎《とが》め立てはできない。

「乱心者なれば取り押さえて通行の衆に迷惑をかけるでない」

「はっ」

復命した佐々木與三次は、近習頭の木佐貫誠蔵を手招きして、囁《ささや》いた。

「木佐貫どの、丸亀藩に遺恨の者とみゆる。殿のお側を離れるでないぞ」

木佐貫は赤目小籐次の宣告の声を聞いていた。

「畏まった」

若き日の宮本武蔵玄信《げんしん》が起こした流儀の一つ、円明流の達人木佐貫が御駕籠脇の警護の配置を検めると自らは御駕籠前に立った。

そのとき、木佐貫の柄袋は外され、鯉口は切られていた。

木佐貫は藩道場の師範でもあった。

目付の多田三右衛門と物頭飯沼克五郎は、竹棒を風車のように回しながら、立ち塞がろうとする家臣たちを縦横無尽に打ち据えて走り来る男を見た。

小柄な体に大頭が乗り、それに破れた菅笠を被り、粗末な羽織に野袴を身に着け、腰に塗りの剝げた大小を差していた。

風体から見れば下士か、浪人のようだ。

多田は一瞬、

(藩所縁《ゆかり》の者ではないか)

と考えた。だが、菅笠の下の大顔には見覚えがなかった。

「克五郎、斬り伏せよ!」

多田は決然と命じた。

「はっ」

畏まるまでもなく飯沼克五郎は、乱心の襲撃者を斬り捨てる覚悟で石畳に両足を開いて踏ん張り、腰を据えた。

手はすでに柄に掛かっていた。

小籐次の眼前で引き馬が騒ぎに驚いて、右往左往していた。それを足軽たちが鎮めようと必死で手綱を引っ張っていた。

暴れ馬の背後から番衆の二人が抜刀して小籐次に躍りかかってきた。

竹棒の先端が突き出されて、一人の番衆の胸を突き飛ばし、さらに翻った先端がもう一人の横鬢《びん》を殴りつけ倒した。

一瞬の早業だ。

来島水軍流の竿遣いの妙技だ。

「なんて騒ぎだ。一人の浪人によ、丸亀藩の行列がかき回されているぞ」

「あいつは何者だえ」

「おう、京極家先代のご落胤《らくいん》だ。おれがほんとの殿様てんで殴り込んだのさ」

「ご落胤にしては風采が上がらないぜ。それに年も喰っていらあな」

「ご落胤は苦労しているからな、背丈も縮んだのさ」

見物の人間たちが思わぬ騒動に勝手なことを言い合いながら、獅子奮迅に戦う赤目小籐次と防戦に追われる家臣たちを見ていた。

暴れる馬のかたわらを走り抜け、さらに御駕籠へと迫る勢いの襲撃者は、端然と待ち受ける飯沼克五郎の姿を認めると竹棒を投げ捨てた。

「下郎《げろう》、なんの遺恨があって丸亀藩お行列を騒がせるや」

克五郎が問いかけた。

赤目小籐次もようやく足を止め、辺りを見回した。

二人の前後では整然としていた行列が乱れて、引き馬が暴れ、足軽が転がり、道具箱が散乱して、家臣たちが右往左往していた。

ただ、京極高朗の御駕籠を囲む近習衆、大番組の面々はさすがに決死の覚悟を見せて、そのときに備えていた。

小籐次は路傍に呆然と佇《たたず》む髭奴を見た。肩に京極家の体面の御鑓が担がれてあった。

視線が克五郎に戻された。

「遺恨ありやなしや京極高朗様にお尋ねあれ」

「なにっ、高朗様にお尋ねせよとな」

目付の多田三右衛門が訊《たず》ねた。

どうみても五万一千石の藩主とうらぶれた襲撃者の間に接点があろうとは考えられなかった。

六尺豊かな偉丈夫の克五郎が腰の豪剣を抜くと右肩に背負うように担いだ。

神明流の一手、

「真っ向袈裟《けさ》斬り」

の構えだ。

突っ込んでくる相手を内懐に呼び込んで迅速に肩から斬り割る必殺技だ。

小籐次も備中次直二尺一寸三分を抜いた。

その次直が左横へと寝かせて構えられた。

間合いは二間半。

対峙する者の構えは、まず相手を恫喝し、威嚇する作用があった。

飯沼克五郎と赤目小籐次の体格の差、剣の構え、対照的といえた。

「ご落胤もここまでだぜ」

「なんたって体付きが違わあ」

「剣は体格《なり》じゃあねえがよ、こりゃ、大人と子供だ。如何《いかん》ともし難いぜ」

見物の中から無責任な言葉が洩れた。

「丸亀藩御鎧拝借致す！」

と再びこの言葉が赤目小籐次の口から吐かれ、

「なんと」

という目付の多田の驚きの声と交錯した。

その直後、一瞬、互いの目を見合った両者がほぼ同時に仕掛けた。

二間半の間合いが一気に切られ、克五郎の雪崩れ落ちる懸河《けんが》の剣が小籐次の痩《や》せた肩口に刃鳴りとともに振り下ろされた。

「あっ、貧乏浪人、殺《や》られたぜ！」

思わず見物の一人からその言葉が洩れた。

だが、箱根関所前の人々は、予想もかけぬ展開を目《ま》の当たりにすることになる。

小籐次は六尺豊かな克五郎の正面に低い姿勢で潜り込みながら、
すすすっ
と克五郎の左脇へと滑っていた。

それは生死の間仕切りに捉えたと考えた克五郎の予測をも超えて、電撃の、

「真っ向袈裟斬り」

の間合いを外していた。同時に左の脇構えに保持されていた次直が一条の光になって、克五郎の腹部を深々と撫で斬っていた。

大木が野分けに吹き倒されるように克五郎の巨体が前後に揺れて、

「げえぇっ」

と悲鳴を上げ、前屈《まえかが》みに石畳に倒れ込んだ。

「克五郎！」

と目付の多田が叫んだとき、小籐次は脱兎の如くに立ち竦む行列を掻い潜って、

御鑓を肩に担いで立つ髭奴に接近すると、

きえっ

という奇声を発して頭上に飛び上がっていた。

虚空で次直が一閃され、太刀打青貝拵えの御鑓のけら首を切り落とすと切り離された穂先と同時に地面に着地し、その穂先を摑むと見物の群れへと突進した。

小籐次の形相に見物衆が左右に分かれた。

その間に走り込んだ小籐次は旅籠と茶店の間の路地を抜け、屏風山の斜面へと駆け上がっていった。

一瞬、嵐が吹き荒《すさ》み、呆然とした丸亀藩の一行が残された。

我に返った道中目付の多田三右衛門は、配下の草刈民部、市ノ瀬剛造、そして、黒崎小弥太を呼ぶと、

「あやつの後を追え、なにがなんでも御鑓を取り戻せ！」

と厳命した。

道中目付の支配下に与《くみ》する草刈らは丸亀藩の下忍《しのび》ともいえる探索方で、追尾にはうってつけの者たちだ。

「はっ」

と応じた三人が襲撃者の赤目小籐次の後を追って屏風山へと駆け込んだ。

そのとき、

「座輿にございます、丸亀名物のお芝居にございます」

と叫ぶ老用人の立木孝座の声が響いた。

（小手先のことで始末できることか）

多田は胸中で吐き捨てると、

「行列を整えよ、馬を鎮めよ！」

と叫びながら御駕籠側に走った。

「ご家老、箱根の関を越えてひと先ず三島本陣に向かうことが肝要にございます」

「飯沼克五郎はどう致す」

高木忠左衛門がおろおろと言った。

赤目小籐次に斬られた飯沼克五郎の生死を確かめていた道中奉行の佐々木與三次が二人の脇に来ると、

「ご家老、二手に分かれましょうぞ。この場の後始末に多田三右衛門ら数名を残し、われらはまずこの場から立ち去ることにございます」

「よし、三右衛門、頼んだぞ」

と高木が了承し、京極高朗の御駕籠に報告に行った。

「佐々木様、あやつの後をそれがしの配下の者に追わせてございます」

「御鑓が取り戻せるか」

「そう簡単なことではありますまい。まず事情を知ることです」

「殿にお伺いすることになるな」

「それもこれも三島本陣に到着することが肝要にございます」

「三右衛門、頼んだぞ」

急ぎ乱れた隊列をなんとか整え直した。

だが、煌《きら》びやかだった丸亀藩の行列は一変し、見物の衆の同情の視線に晒《さら》されていた。それでも必死で行列を整え終えた一行は、惨めな気持ちを胸に抱きつつ、

「お発ち」

の小さな声で箱根関所へと発進していった。

目付の多田三右衛門は、道中羽織を脱ぐと飯沼克五郎の亡骸《なきがら》に覆いかけた。

「飛松、元箱根の旅籠飯塚屋に参り、急ぎ戸板と筵《むしろ》と人足を借りて参れ」

飯塚屋は丸亀藩の御用達宿だ。

「はっ」

駆け出す配下の飛松晋伍の背を見ながら、三右衛門は、

（いかなる遺恨があって行列を襲いおったか）

と考えた。だが、推測もつかなかった。はっきりしていることはこの騒ぎ、見物した旅の者の口に乗って江戸まで伝えられるということだ。そうなれば、後始末の付け方次第では、

「丸亀藩の改易」

も有りうることだ。

（待てよ）

あやつが元箱根付近に泊まったなれば、どこぞに痕跡を残しているのではないか。

三右衛門は晩春の長閑なる芦ノ湖畔を見回した。

第二章　酒匂川《さかわがわ》流れ胴斬り

一

箱根の屏風山は標高二千八百四十余尺（九四八メートル）、芦ノ湖の南に春景色を見せて聳《そび》えていた。

赤目小籐次は一気にその中腹まで這《は》い上がり、東へ東へと険阻な斜面を回り込んだ。

樹間から二つの峰を持つ二子山がちらちらと望めた。

湯本から元箱根への峠道は屏風山と二子山の間を抜けているのだ。

小籐次は、笈ヶ平の甘酒茶屋付近に下って街道に出ようと考えていた。

逃走に移って半刻余が過ぎていた。

小籐次は、岩場から流れ出す清水を見つけると手で掬《すく》って飲んだ。手足を洗い、一息ついた。

ふーうっ

手にしていた丸亀藩の御鑓の穂先を手拭で巻くと背に負った風呂敷に包み込み、再び背負った。これで動きやすくなった。

数町背後の斜面で藪がざわつく音がした。

追っ手の草刈民部らが立てた物音だった。

当然考えられることだ。

小籐次は耳を澄ました。

（二人か、いや、散開して後を追ってくるのは三人だ）

小籐次は方角を南に転じた。

（次なる戦いまで二日はある）

ならば海に出ようと考えを変えた。小籐次は箱根の山並を知らなかった。だが、逃亡者の本能が海へと向かわせようとしていた。

丸亀藩の目付多田三右衛門らは飯沼克五郎の亡骸を藩と関わりのある旅籠の飯

塚屋の納屋に運び込んだ。

血に塗《まみ》れた死体を清め、真新しい浴衣《ゆかた》を着せ掛けて始末を終えた後、手元に残した配下五人のうち、飛松ら三人を元箱根付近の茶店、旅籠の聞き込みに当たらせた。

飛松らは行列が襲われた近くの茶店に襲撃者が二度にわたり、立ち寄ったということを探り出した。

主の話によれば一度目は朝の間で茶碗酒を嘗めるように飲みながら一刻ほど休み、蕎麦を食して立ち去ったという。

二度目は昼前に竹棒を持って現れ、手造りと思える竹筒に酒を買い求めたそうな。

「じゃがな、お侍。あの御仁《ごじん》、夜明け前に賽ノ河原で長いこと、刀を抜いたり、鞘に納めたりと稽古をしていたで、この界隈で徹夜をしたのかも分からぬぞ」

と主が言い加えた。

「なにっ、剣を抜き打つ稽古で徹夜したというか」

「ああ、夜明け前からやっておったな。箱根の夜明けは寒いでな、じっとしておられなんだのよ」

飛松らはさらに大鳥居から箱根神社の方角へと聞き込みの範囲を広げた。

山の夕暮れは近い。

日が三国《みくに》山（三千三百余尺）の山端《やまのは》に沈もうとした刻限、飛松らは偶然にも八百屋で貴重な証言を得た。

買い物に来ていた芦の湯の湯治宿の下女が騒ぎを見て、

「あのちっこい侍よ、夕べうちに泊まっただ」

と洩らしたという。

飛松らは芦の湯の湯治宿二子屋に急行して、夕餉の仕度に忙しい番頭にそのことを問い質《ただ》した。

「お侍方は丸亀藩の方だねえ、えらい災難だったな。下女のうめが野菜を求めにいって騒ぎを見たそうでな、確かにうちに泊まった侍に間違いねえというぞ。うめでなくともあんなにちっこくてよ、異相の大顔を見間違えるわけもねえというでな、久慈屋さんもびっくりしてござるよ」

「久慈屋とはだれだな」

「へえ、あの侍を連れて来られた江戸の紙問屋、久慈屋昌右衛門様だ」

「あやつに連れがおったか」

「連れといってもよ、峠で危難に遭うた久慈屋一行をあの侍が助けたそうな。それでお礼にと久慈屋の旦那がうちに誘って泊められたんだ」

「久慈屋一行はまだ投宿しておるか」

「昨日来られたばかり、泊まっておいでだよ」

二子屋の番頭は、久慈屋に迷惑がかからねばよいがと思いながらも、昌右衛門を玄関先に呼んだ。

玄関先に立つ飛松ら旅仕度の侍と番頭の顔の表情を読んだ昌右衛門が、

「えらい騒ぎが起こったそうで」

と自ら言い出した。

「番頭の話によれば、その方があの者をこの旅籠に伴ったそうだな。昔からの知り合いか」

「滅相もございません」

と手を振った昌右衛門は銚子口坂で六、七人の山賊に襲われたとき、後ろから来たあの侍が見事な手練《しゅれん》で山賊どもの頭分を斬り捨て、撃退してくれた一件から礼にと二子屋に誘ったこと、さらには一晩泊まっただけで未明に旅立っていったことなどを証言した。

昌右衛門の話に番頭も口を添えて、そのことを裏付けた。

「まさかあの赤目小籐次様がさような無体なことをなさるとは、今も信じられないことですよ」

「あの者は、赤目小籐次と申す者か」

「そう名乗られました」

「赤目は浪々の身か」

「いえ、大名家の名は出されませんでしたが、なんでもつい先頃までご奉公の様子ということでした」

飛松らは色めき立った。

「大名家の名は言わなかったのだな」

「はい。申されませんでした」

念を押す飛松に昌右衛門が答えた。

「なぜ奉公を辞めたのであろうか」

「そこですよ、おもしろいのは」

昌右衛門は手を振って言い出した。

「なんでも大酒の会に出て、三升入りの杯で五杯を飲まれたとか。その帰り道に酔い喰らって屋敷近くの寺に入り込んで二晩も三晩も寝込み、参勤行列の見送りに間に合わなかったそうな。それで屋敷を追われたと申されておりました」

「なんと途方もない話か」

「嘘ではなさそうな感じですがな」

「いや、江戸におるとき、柳橋の万八楼での大酒の集いは聞いたで、まんざら嘘というわけでもあるまい。箱根になにをしに参ったか申さなかったか」

「いえ、それはなにも。なにしろ江戸からの旅で箱根に着いた最初の夜、私らも疲れておりましたし、夕餉の後、直ぐに床に入りましたので。その上、朝起きるともはや赤目小籐次様は出立されておりました」

「主、赤目小籐次と申す者とそなたらを襲った山賊どもがぐるということはないか」

「それはございませぬ。なにしろ鉄心無双流の浦賀弁蔵とか申す巨漢をあの小さな体がいとも簡単に斬り斃《たお》して、浦賀の体は谷底へと転落していったんですから、ぐるなんてことは絶対にございませんよ」

久慈屋昌右衛門が言い切った。

飛松らは何度も繰り返し聞いたが、もはや久慈屋昌右衛門が知ることはなかった。

「なにっ、あやつ、大名家の奉公人であったか」

「風体からして下級の者と思えます」

飛松らが元箱根の飯塚屋に引き返して、目付の多田三右衛門に久慈屋からもたらされた証言を報告すると、三右衛門も驚いた。

「あやつ、赤目小籐次が大名家の奉公人な。このことと丸亀藩を襲撃したことと関わりがあるかどうか」

「多田様、なければおかしゅうございます」

飛松が言い切った。

「となれば殿に心当たりがおありになるかどうか」

と呟いた三右衛門は、

「飛松、関所は閉門しておろうな」

「半刻も前に通行を禁じております」

「裏道を抜けて三島宿に走れ」

「関所を破れと申されるので」

「藩の一大事である。なんとしても三島宿に急行してこのことを道中奉行の佐々木與三次様に申し上げよ」

と命じた三右衛門は、飛松晋伍と板坂道太郎の二人に使いを命じ、

「一人になんぞあっても、もう一人が三島に辿りつくのじゃ。身許の分かるものや藩名を記したものはここに残していけ」

と念を入れさせた。

二人が夜旅の仕度を整え、

「参ります」

と悲壮な覚悟で飯塚屋を出ていった。

赤目小籐次は闇と変わった箱根山中白銀山の尾根に辿りつき、弾む息を整えた。

追っ手の草刈らも執拗に小籐次の動きを察して、数町後を追尾してきた。

その物音がときに一つになり、二つ、三つに分散することがあったが、巧妙な追跡ぶりだ。

小籐次は、

（丸亀藩も探索に関わる忍びを行列に加えていた）

と思った。

赤目小籐次はどこに己がいるのか、把握できなかったが、確実に海へ近付いていることを先祖の水軍の血が教えてくれた。

ひと息ついた小籐次は再び尾根伝いに走り出した。

藪を小籐次の足が掻き分け、その物音が鳥獣を驚かせて鳴き声を上げさせた。それらの物音を頼りに草刈たちも執拗に小籐次を追跡してきた。だが、小籐次の半分ほどの年の追っ手たちもその間合いを詰めるほどには至らなかった。

さらに一刻半後、小籐次は、星ヶ山の西側の斜面を転がるように下っていた。

さすがに五十路《いそじ》間近の年齢には勝てなかった。

小籐次の足の運びが緩くなり、次第に追っ手の草刈らが間を詰めてきた。そのことが気配で感じられた。

それでも赤目小籐次は足を止めなかった。

鼻腔に潮の匂いが感じられた。

夜明け前、南郷山の東麓を抜けた小籐次は、最後の力を振り絞って山を下った。

樹林の葉陰もわずかずつ白くなり、足元が確かめられるようになった。

小さな斜面を登るとき、谷地を挟んで数町後に追跡者の影を見た。

影は一つだ、残り二人は遅れたか。いや、散開して姿が見えぬだけだと、小籐次は推測をつけた。

となればなんとしても先に海岸に辿りついて、船で海上に逃れるか、どこぞで待ち伏せして追跡者を倒すかの二つの途しかなさそうだ。

だが、夜を徹しての山歩きが赤目小籐次の体力を奪っていた。

三人を相手に戦い、倒せるか。

ともかく前進するときだ。

小籐次は、城跡らしいところで朝を迎えた。

海が見えた。

相模の入江だ。

後方で人の気配がした。それも追っ手だ。

赤目小籐次が考えたよりも近くに追っ手がいた。

海岸に辿りつく前に追いつかれる。

小籐次は地形を見回した。

相模の海に突き出すように真鶴《まなづる》半島が延びて、岬全体を原生林が覆っていた。

(一か八か)

岬に誘い込み、一人ずつ倒して殲滅《せんめつ》する、そう決心した。

小籐次は潮騒《しおざい》を聞きながら小田原と熱海を結ぶ根府川《ねぶかわ》往還を横切り、何百年もの古木が林立する林へと姿を没した。

小籐次は大木の幹を利用しつつ、右に左に方向を転じて、追跡者をばらばらにしようと試みた。

その甲斐あって追跡者の気配が一人になった。

岬の尾根から浜が見えた。

琴ヶ浜だ。

小籐次は楢《なら》の大木の幹にへばりつくように身を隠して、追跡者を待った。

大木の東側は緩やかな斜面が開け、落ち葉が深く堆積していた。

荒い息を鎮めつつ、備中次直の柄に手を掛けて待った。

斜面の上から足音が接近してきた。

小籐次の潜む場所までに十間余と迫った。さらに数間、相手の荒い息まで聞こえた。

（よし）

小籐次が斬撃の構えを取ったとき、ふいに足音が止まった。さらに背後に人の気配がした。

小籐次が振り向くと緩やかな斜面下に二人の追跡者が間を開けて立っていた。

「よう、逃げた」

その一人、壮年の草刈民部が言った。

「そなたがなにゆえ丸亀藩の行列を襲ったか知らぬ。だが、そなたを手捕りにして体に訊《き》いてくれるわ」

もう一人、

「御鑓先は背の包みに入っておるか」

と二十七、八歳か、市ノ瀬剛造が訊いてきた。

同時に楢の後方から黒崎小弥太が姿を見せた。

若い。二十を一つ二つ超えた年齢だろう。

赤目小籐次は、三人の追跡者を分散させて倒す企てが一気に崩れたばかりか、三人に囲まれて応戦する羽目に追い込まれていた。

斜面下の二人の追跡者が、枝に絡みぼろぼろに裂け破れた羽織を脱ぎ捨てた。

その二人、草刈と市ノ瀬が剣を抜いて構えた。

小籐次は背に負うた三人目の黒崎小弥太の動きを気にしつつ、次直の鞘を払った。

「そなた、名を教えぬか」

「赤目小籐次」

草刈の問いに名乗った。

「丸亀藩道中目付支配下草刈民部」

「同じく市ノ瀬剛造」

だが、三人目は名乗らなかった。

「流儀はなんだな、老人」

草刈が挑発するように問いを繰り返した。

「小弥太、そやつを追い落とせ！」

ふいに市ノ瀬が若い朋輩に命じた。

まだ剣を抜いていなかったただ一人の若者が、
そろり
と動く気配を見せた。

その瞬間、楢の大木を背負っていた赤目小籐次が剣を背に隠すように斜面を駆け下り、右手に位置した草刈民部に向かって飛んだ。

「おう！」

剣を肩に担ぐように差し上げた草刈は、愕然《がくぜん》とした。

虚空にあって草刈へ向けていた赤目小籐次の体が斜め前方へ捻り上げられた。

さらに捻るように前転を終えていたとき、その体は市ノ瀬剛造の頭上にあって、

体の背に隠されていた剣が閃《ひらめ》き現れると、一瞬迎撃の遅れた市ノ瀬の首筋を、

しゃっ

と斬り割っていた。

うっ

と呻《うめ》き声を残した市ノ瀬が崩れ倒れた。

そのかたわらに飛び降りた小籐次に向かって、草刈民部が駆け寄った。

肩に担がれた剣が斧《おの》の力強さで振り下ろされた。

そのとき、両膝をついて着地した小籐次は右横から草刈の攻撃を受けることになった。

もはや構え直す余裕はなかった。

中腰の小籐次は後ろに身を仰《の》け反らせながら、右手を大きく回転させると次直を草刈に向かって投げ打った。

次直二尺一寸三分の剣が虚空を飛んで草刈民部の鳩尾《みぞおち》から背中を貫いた。

ぎええっ！

凄《すさ》まじい絶叫が響いた。

立ち竦んだ草刈が腰砕けに倒れ込むのを見ながら、小籐次は、
ひょい
と立ち上がり、脇差に手をかけて、第三の追跡者を振り返った。

すると若い黒崎小弥太は小籐次の次なる動きを確かめながら、後ろ向きに藪陰へと逃げ込んでいった。

それは仲間二人が倒された恐怖から逃げ出したのではなく、この状況を上役に報告すべきとして離れた感があった。

赤目小籐次の脳髄が、

「追え、始末せよ」

と命じていた。だが、徹夜で追跡から逃れてきた小籐次にはその体力が残っていなかった。

脇差を鞘に戻した赤目小籐次は、仰向けに倒れ込んだ草刈民部の体から次直を抜いた。

最後の痙攣《けいれん》を終えた民部の体から、

がくん

と力が抜けた。

血振りをした次直の刃毀《はこぼ》れを確かめた。

だが、備中の名匠が鍛造した逸品には小さな刃毀れひとつ見られなかった。

鞘に次直を納めた小籐次は、真鶴の岬を覆う原生林の林から抜け出ると琴ヶ浜に下った。

浜に何艘《そう》かの漁《いさ》り舟があった。

水辺に舫《もや》われた一艘には櫓も竿も乗せられていたが、人影はない。

舫い綱を外した赤目小籐次は、竿を使って浜辺を離れると櫓に代えて小田原へと相模灘の内海を悠然と北進していった。

二

徳川幕府誕生から二百余年の時を経て、国の内外ともに厳しい事態が次々に起こっていた。

北方の蝦夷地《えぞ》ではロシア船が相次いで襲来し、危機を感じた幕府ではロシア船の打ち払い令を発して、蝦夷地を幕府の直轄とした。

一方、長崎ではイギリスの軍艦フェートン号が長崎港停泊の阿蘭陀《オランダ》船を捕獲するために内海に入り込み、阿蘭陀商館員を捕縛する無法を働いた。

ナポレオン戦争に絡み、フランスの支配下にあったオランダを敵国と見なしたイギリスの暴挙であった。

一方、幕府の御金改役《おきんあらためやく》後藤家は幕府から預かっていた小普請《こぶしん》金に手をつけるという横領事件を起こし、御家断絶の憂き目に遭っていた。

江戸期を通じて米が経済の基幹の物品であった。

文化に入り、豊作が続く中、米価が下落して幕府は悲鳴を上げた。そこで取られた対策が、富裕町人に対して御用金の上納を課すことであった。

御用金とは幕府が民間に集中した富を強制的に借り上げ、米価調整に運用して、困窮した大名家や農民に貸し付けようとしたものだ。

この対策自体が幕府の無能ぶりを露呈していた。

その上、この御用金の命令は文化三年（一八〇六）、同六年、同十年と三度にわたって繰り返され、商人たちの不満は高まっていた。

江戸で催された大酒・大食いの催しも武家階級を町民の力が圧倒したことを示す一事であり、爛熟《らんじゅく》した文化が衰亡に向かう前兆を表わしていた。

この日、保土ヶ谷宿を発った大名行列の一行が戸塚、藤沢、平塚宿を経て、大磯宿へと下る化粧坂に差し掛かっていた。

播磨国《はりまのくに》赤穂藩二万石の森肥後守忠敬《ただよし》の一行だ。

播磨一国を封ぜられた池田輝政の嫡子利隆の時代、四弟政綱は赤穂郡三万五千石を分封されて、赤穂藩が始まった。

元和元年（一六一五）のことだ。

政綱、輝興《てるおき》と継承された赤穂藩だが、輝興が突如乱心して妻や侍女らを刺殺するという事件を起こし、池田氏の赤穂支配が終焉《しゅうえん》した。

次に常陸《ひたち》笠間から浅野長直《ながなお》が五万三千石で入封し、新たな城を設け、さらには城下を建設した。

この新城と城下町の建設整備が浅野家の財政を逼迫《ひっぱく》させた。

そこで藩では瀬戸内の立地と天候などを考え、塩田開発を試みることにした。だが、販売網や市場の整備拡大のために予想を超えた費えがかかり、財政はさらに逼迫した。

二代長友は家臣の召放ちを行い、次の長矩《ながのり》は、塩田運上の増額、俸禄借り上げ、藩札の発行などを行う羽目に追い込まれた。

そして、元禄十四年（一七〇一）、長矩が高家吉良上野介《きらこうずけのすけ》に斬り付ける世に名高き江戸城中刃傷事件を起こし、赤穂浅野は三代で潰れていた。

池田氏、浅野氏と赤穂藩は悲劇を起こして取り潰しの憂き目に遭っていた。

浅野家に代わって下野《しもつけ》烏山から永井直敬《なおひろ》が三万三千石で入封。次いで備中西江原から森長直《ながなお》が移封してきて、二万石を領有し、赤穂森家の歴史が新たに始まった。

長直は、本能寺の変で織田信長に殉じた蘭丸（長定《ながさだ》）らの流れをくんでいた。

森家は浅野家が開拓した製塩の収入に藩財政の三分の二を頼り、利潤を求めた。

だが、塩田業も代を重ねるごとに厳しくなり、それに伴い、藩財政は逼迫の度を増した。

そして、文化十四年（一八一七）の三月下旬、九代忠敬の時代を迎えていた。

この月の二十九日に江戸を発駕した森家の行列の総勢は、百八十余人を数えた。

が、六郷川で三分の一の家臣を江戸屋敷に戻し、臨時に雇った中間、小者を解き放った。

参勤交代は虚飾の張り合いの儀式でもある。

だから江戸出立、国許到着時には行列の人数を整え、威儀を正した。だが、道中では人数を削減し、軽装で距離を稼いだ。

そのため化粧坂から大磯宿へ入ろうとする森家の行列は、忠敬の乗り物を中心に百二十余人ほどに減っていた。

森家の職制は、藩主の一族が代々任じる家老、中老職、年寄、御用人の四職が政事《まつりごと》を司《つかさど》り、行政の中枢を支配した。

文化十四年の参勤下番の行列の総指揮を取るのは、壮年の中老職森五平治であり、騎馬で従っていた。

また道中奉行には大目付職の新渡戸《にとべ》勘兵衛が任じられていた。

「おおっ、海が見えたな」

馬上の森が声を洩らし、かたわらにいた新渡戸が、

「この分なれば、小田原本陣に着くのは予定どおりにございますな」

「まずは間違いなかろう」

昼下がりの湘南道、無風快晴の青空が広がっていた。

潮騒も響いてきた。

「新吉、馬を下りる」

と森家の口取りに命じた森は、
ひらり
と馬から下りると手綱を従者に渡した。

新渡戸は中老の森がなんぞ話したいゆえに下馬したと考え、森と肩を並べた。

ちょうど行列は大磯宿の立場問屋《といや》前を過ぎようとしていた。

「森様、なんぞ気がかりが」

行列の連中に聞かれないように距離をとった道中奉行は中老に問いかけた。

「六郷で解き放った日雇い中間などの日当に思わぬ出費が嵩《かさ》んだ。この先、費用《かかり》をよほど切り詰めぬと途中で路用の金に窮することになる」

忠敬が襲封したのが十年前の文化四年（一八〇七）のことだ。

製塩の収益に頼る藩財政はますます苦しい状態に落ち込み、忠敬と藩重臣は、勤倹貯蓄を奨励した。さらに諸費用を節約、さらに櫨《はぜ》の植樹、塩の商品価値を高めるために塩改め制度を試みようとした。

これらの策も結局は、江戸と大坂の豪商たちの力を借りることになり、六代忠興の時代からの溜まりに溜まった借財は、二十数万両を超えていた。

ただ一つの森家の望みが藩内産塩の専売制だ。つまり藩自らが問屋化しようという試みだ。

それまで良質の赤穂塩は大坂塩問屋が相場を決めていた。それは生産する赤穂側には不利な点が多い。

赤穂が目をつけたのが、讃岐高松藩の松平家が藩内生産の塩を専売制にして利潤を上げていることだった。

そこで赤穂森家では、「東西浜方取締り定法御触出《おふれだし》」を決めた。その条項に、

一、大坂表問屋しきりの節、以後は落札どおりに納めることになったから、これまでの三歩の「通り懸かり物」は大坂藩屋敷に納めること。

一、塩値ができて、問屋へ積み渡しの上、荷賃はこれまでそれぞれの船から出していたが、今後は島塩、灘塩と同じく、買方より出させること。

などと赤穂藩塩会所にとって都合のいい御触出であった。

当然のことながら、文化十年（一八一三）、江戸での専売制は有力問屋の反対により翌年には失敗、塩の品質が落ちて、文政四年（一八二一）には大坂での専

売も停止された。

そんな窮乏の最中の参勤下番であった。

道中に必要とする二千余両の工面に江戸屋敷がどれほど苦労したか。そのうえ、切り詰めて立てた見積もりの九割も金子が揃っていない段階での江戸出立だった。

だが、藩にとって参勤交代に際して掛かる費用はこれだけではないのだ。

江戸から赤穂まで随伴する家臣団、さらにその従者（陪臣）たちが道中にかかる手当も藩が用意して貸し与えねばならなかった。

そんな苦労の末に道中に出ても毎日が本陣、旅籠の払いを数文でも節約する旅の連続だ。

それにしても江戸を出て二日目にして、早や路銀の心配が生じたと森五平治はいうのだ。

「中老、もはや切り詰めるところは切り詰めておりますれば、このうえは……」

新渡戸は途中で言葉を呑み込んだ。

「この先、道中の天候が崩れてみよ。箱根山中の雨、大井川の川渡しで増水と滞在を余儀なくされると大坂到着前に苦しくなる」

「まずはこの空模様なれば、この先数日は大丈夫かと思いますがな」

新渡戸は中老の森を安心させる言葉など持たなかった。なぜなら新渡戸自身がこの度の参勤下番の費用の工面に苦労していたからだ。

本来、「御参勤御供」には藩から禄高に合わせて、なにがしかの路銀が出る決まりだった。

だが、藩財政は塩売買の十数年分に及ぶ累積の借金である。家臣たちに路銀を出そうにも無い袖は振れぬ道理で出せなかった。

だからといって「御参勤御供」を辞退することなど武家社会では考えられないことだ。

二百七十石の新渡戸家では、参勤費用として江戸屋敷会所方に十五両の御貸金の願いを届け出た。が、ようやく出立間際に月五分十五年賦で六両が貸し与えられた経緯があった。

新渡戸と従者二人が体面を保つ費用すらが借金なのである。一見、威儀を正した大名行列も借金塗れの道中であったのだ。

「天候次第か」

森五平治が呻くようにいったとき、行列の先触れ方として先行させていた横目竹下太郎吉が一文字笠を振り立て振り立て、二人のそばにやってきた。

「森様、新渡戸様、ちとご報告が」

「その方の血相から考え、芳しくないことのようだな」

行列は小淘綾《こゆるぎ》ノ浜に差し掛かっていた。

竹下が小さく頷き、

「他藩の道中の危難にございますれば、なんともお答えのしようもございませぬが」

と答えた。

「他国の行列の危難じゃと」

森は街道から離れて松林に竹下と新渡戸を連れて行き、松林の中を行列と並行して歩きながら、

「話してみよ」

と命じた。

「街道の風聞にございますれば、真実から外れているやもしれませぬ」

とさらに前置きした竹下太郎吉は、

「箱根関所を前にして危難に遭われたのは、讃岐丸亀藩の行列にございます」

「京極様のお行列とな」

主君の森忠敬と丸亀藩の京極高朗は江戸城詰間が柳之間と一緒で、むろん言葉を交わす間柄であった。

それだけに森五平治も新渡戸も気にかかった。

「街道を往来する者たちの話を突き合わせますに、一人の狼藉者が行列に襲いかかり、何人ものご家臣に死傷を与えたそうな」

「乱心者か」

「いえ、それが御鑓の穂先を切り落として奪い去り、逃走したということでございます」

「なにっ！　御道具を切り落として奪い去ったとな」

森は思わず松林越しに赤穂藩の鶴丸の家紋が入った御挟箱、御鑓を見た。

髭奴の肩に担がれた御道具は長閑な陽光に照らされていた。

「竹下、その噂、真であろうな」

道中奉行の新渡戸が問い直した。

「国府津《こうづ》の問屋で、その模様を直《じか》に見たという飛脚に風聞の真偽を訊きましてございます」

「答えはどうか」

「噂とほぼ同じにございました」

「なんとさようなことが」

森が呻いた。

さらに新渡戸が問い質す。

「竹下、飛脚はその狼藉者が行列に襲いかかりし理由を述べたか」

「それが、なんでも遺恨ありやなしや京極高朗様にお尋ねあれと叫んだとか」

「乱心者の仕業ではないな。なんぞ曰《いわ》くがあってのことだ」

と森五平治が呟き、

「丸亀藩はえらい災難に見舞われたものよ」

と同情の声を上げた。

「丸亀藩では、行列をまず三島宿へと先行させて、対策を練っておられるそうにございます」

「始末のつけ方次第では、大変なことになるぞ」

森はそういうと、

「新渡戸、この一件、殿に申し上げたものかのう」

と相談した。

「まず今の段階ではお話しにならぬほうがよろしいかと思えます」

「隠された事情があってのことかも知れぬでな」

と森も納得した。

さらに新渡戸は、

「竹下、そなたは今一度行列に先行して小田原宿まで急行せよ。箱根のことなれば、小田原城下にはさらに詳しい事件の推移が伝わっていよう。他藩の危難ではあるが真相を究めておきたい。当藩に災いが降りかかってはならぬゆえな」

「なにっ、新渡戸、そなたはわが行列にも同じ危難が降りかかるというか」

「そうではありませぬ。ですが、ここは注意に注意を重ねて、わが行列も不測の事態に備えることが肝要かと存じます」

「いかにもさようであった。竹下、そのことに心して探索に努めよ」

「はっ」

と畏まった竹下が踵を返して、松林を走り去った。

「森様、他山の石と申します。行列を引き締めなおします」

「よかろう」

と答えた森五平治が、

「ともあれ、路銀が嵩む災難などうちに来てくれては困るのだ。もし、そやつがこの界隈をうろうろしておるなれば、財政の豊かな大藩に行ってくれ」

と本音を洩らした。

「森様、御番組頭にこのことをお話し下され」

「よかろう」

と答えた森に新渡戸は頷き返して、松林から行列の先頭に走った。

赤穂森藩の行列は藩主の森忠敬の身辺にあって警護する旗本近習組の防衛隊と、中老の森五平治が指揮をとって襲撃者に攻撃を加える御番組からなっていた。

万が一の折、刀を抜いて実戦に役に立つのは旗本近習組と御番組を合わせて三十余人のうち、せいぜい五、六人かと新渡戸は踏んだ。

戦国の時代は遠く二百有余年前に過ぎ去り、武士の表芸は武道という基本が忘れ去られていた。腰の刀も細身で飾りに過ぎなかった。

そんな時代だ。

新渡戸はお先三品の鉄砲、鑓、弓を束ねるお先頭の古田寿三郎を行列から引き出すと、竹下がもたらした報告をざっと告げ、

「古田、万が一ということもある。向後《こうご》数日は緊張して行列を先導せよ」

と命じた。

頷いた古田は東軍新当流をよくした剣の遣い手で免許を許されていた。

「新渡戸様、その狼藉者がわが藩の行列を襲うと考えられますか」

いや、と首を横に振った新渡戸が答えた。

「丸亀藩では箱根の関所前で行列が襲われるなど考えもしなかったろう。そこを衝かれて混乱に陥った。その騒ぎに乗じて御鑓先を切り落とされたと推測される。そやつがよしんば、その場から逃げ果《おお》せたとせよ、道中奉行がそやつの追跡を家臣有志に命じたはずだ。となれば、そやつが数日後に自由に東海道に舞い戻れるとは考え難い」

古田が頷く。

「それにその者、むやみやたらに大名行列を狙うわけではあるまい。仔細があったゆえに丸亀藩を待ち受けたと考えられる。わが藩に危害を加えるとも思えぬが、万が一の用心だ。気を引き締めて小田原に向かう」

「承知しました」

お先頭の古田が配下に注意を与えるために新渡戸の前を去った。

新渡戸が御駕籠付近を振り返ると、森五平治が旗本近習組頭高野左太夫に注意を喚起していた。

（なんぞ前もって手を打つことがあるか）

狼藉者が赤穂藩の行列を襲うなど考えてもいなかった。だが、丸亀藩が落ちたであろう混乱の極を考えるとき、新渡戸は不安になった。

新渡戸勘兵衛は新渡戸家の従者の朋造の姿を探して行列の後方へ向かった。

新渡戸は松田派新陰《しんかげ》流薙刀《なぎなた》を叔父から習い、免許を許されていた。

松田派新陰流薙刀の流祖は、剣聖上泉《かみいずみ》伊勢守の流れをくむ松田織部之助清栄だ。

新渡戸は行列の中に薙刀を担ぐ老従者の朋造を見つけると、

「朋造、ちと仔細がある。今後はそれがしのいくところ、どこへでも付いて参れ」

「なんぞ御用でございますか」

「薙刀がすぐ手に取れるようにしておきたいのだ」

「分かりましてごぜえます」

老従者が畏まって、新渡戸はようやく安心した。

行列は大磯と小田原宿の中間の梅沢へと差し掛かろうとしていた。

三

小田原城下を前に小八幡《こやわた》の立場を過ぎると、酒匂川《さかわがわ》の流れが旅人の行く手を塞いでいた。

酒匂川は円子川《まりこ》とも呼ばれ、古くは逆川と書いた。

徳川幕府が江戸防衛のために大井川とともに酒匂川には架橋、渡船を禁じた難所の一つだ。

そのために渇水期の冬の間だけ土橋がかけられ、春から秋までは土橋も落とされて徒歩渡りとなった。

八つ半（午後三時）の刻限、赤穂藩の行列は酒匂川へと差し掛かった。

このところ雨が降ってないせいで水かさも少ない。深さは平水と呼ばれる一尺八寸（五十五センチ）以下だ。

河原から秀麗な富士と十一万三千石の大久保加賀守忠真《ただざね》の居城の小田原城が望めた。

お先方が川越人足を前もって確保していたせいでさほどの混乱もなく、藩主森忠敬の御駕籠を載せた蓮台は酒匂川渡渉に掛かった。

道中奉行の新渡戸勘兵衛は薙刀を持った老従者朋造を従え、両岸を見渡せる小八幡側の河原に立って、主君の御駕籠が川渡りする光景に目を凝らしていた。

対岸にはすでに渡渉したお先頭の古田寿三郎が御駕籠の到着を待ち受け、御駕籠の周辺には高野左太夫に指揮された旗本近習組が散って警戒に当たっていた。

御駕籠に従って御道具の御鑓、御先挟箱、御立傘三道具が渡ってきた。

向こう岸には酒匂の立場があって、もはや小田原宿は指呼《しこ》の間《かん》だ。

新渡戸は御駕籠を載せた蓮台がほぼ流れの中央に差し掛かったのを確かめ、

「朋造、参るぞ」

と川渡りを開始した。

すでに中老の森五平治の姿も対岸にあり、蓮台に載った御駕籠が渡されるのを待ち受けていた。

新渡戸が一番深い一尺余の流れに差し掛かったとき、対岸で静かに異変が起ころうとしていた。

だが、新渡戸主従が気付くはずもない。

晩春から初夏に移ろいゆく酒匂川には川渡りをする旅人が大勢いた。まだ陽も高く陽光も白く光って河原に静かに落ちていた。

そんな人込みの中に、破れた菅笠を被った赤目小籐次がひっそりと小岩に座して、赤穂藩の森忠敬の御駕籠が流れを渡ってくるのを見ていた。

昨日、赤目小籐次は真鶴半島の琴ヶ浜から漁《いさ》り舟を盗んで早川河口の湊に辿りついて舟を乗り捨てた。

丸亀藩家臣の草刈民部ら二人を斃した後のことだ。

湊近くの一膳飯屋で久し振りに温かなものを食し、偶然にも入り込んだ正恩寺の境内の陽だまりでぐっすりと眠り込んだ。

夕刻、小田原城下で晒し木綿を購《あがな》い、城下外れの木賃宿に姿を見せた。

まず旅籠の帳場で借りた穂先のちびた筆と硯《すずり》で六尺に切った白布に墨書し、翌日の仕度をなした。晒し木綿が十数尺残った。

翌朝、宿を発った小籐次の五体から箱根の戦いと真鶴の決闘、さらに逃走の疲れはすっかり消えていた。

酒匂川の土手に現れた小籐次の手には六尺ほどの竹竿が提げられていた。

前夜のうちに墨書された晒し木綿の両端に長さ一尺ほどの竹切れが結わえつけられ、旗指物《はたさしもの》のように広がるように工夫されていた。その旗指物は竹竿の先にくるくると巻きつけられていた。

あとは時が来るのを待つだけだ。

春の日差しがぽかぽかと気持ちよく、眠りを誘った。

飯屋で握り飯に古漬けの沢庵を購って、竹筒に入った酒と一緒に腰に括《くく》りつけていた。

土手でひと眠りした小籐次が目を覚ましたのが昼の刻限だ。腰に下げた竹包みを広げて、大根の古漬けで握り飯を二つ食した。

まだ間はあった。

(久留島通嘉様は駿府領内を通過なされておられるだろうか)

とはいえ、赤目小籐次は豊後森藩の領内どころか箱根の向こうへ旅したこともない。いや、親父と一度遠出したことがあったが、あれは親父とわしとの秘密だと思い、数には入れなかった。

亡き父が稽古の合間に話してくれた領内の角埋《つのむれ》山、森川の流れ、三島宮の桜の馬場の名を知るだけだ。

(そうだ。事が終わったら父の遺髪を納めに豊後森を訪ねるか)

そんなことを脈絡もなく考えていると陽が西へとゆっくりと傾き始め、対岸に赤穂藩の行列が姿を見せた。

渡渉に一刻はたっぷり掛かろう。

土手から河原に下りた小籐次は行列の渡渉地から一町ほど下流の岩に座した。

小籐次は腰の竹筒を取ると酒を口に含んだ。

酒の香がじんわりと口内に広がり、それが喉を落ちていく様はなんとも至福だった。

小籐次の父の伊蔵は一滴も酒を飲まなかった。いや、飲めたのかもしれぬが、三両一人扶持の身分では酒など贅沢と禁じていたのかもしれぬ。

小籐次が酒の味を知ったのはその父が亡くなった日のことだ。

武士よりも中間小者に近い身分だ。お厩方の中間たちが集って通夜をしてくれた。

その席で馬の口取りの一人が、

「今宵は赤目伊蔵様の通夜にございますよ。馬廻方から弔い代を出させましたから、酒だけはたんと用意してございます」

と茶碗酒を勧めてくれた。

口に含んだとき、匂いが鼻について咽《む》せた。それを見た中間どもが笑ったが、

すぐに酒は甘露に変わった。陶然とした酔いが小籐次の体を包んだとき、

（世の中にこのようにうまいものがあるのか）

とこれまで酒に接してこなかったことを後悔したものだ。

赤目小籐次、三十二歳の秋のことだ。

徒然《つれづれ》のことを追憶するうちに蓮台に載せられた森忠敬の御駕籠が流れに入り、その周りを警護の旗本衆が固め、御道具が運ばれてきた。

二万石の赤穂藩の御鑓は豊後森藩と同じく一本鑓だ。

白摘《つみげ》毛の鑓鞘に太刀打銀拵えである。

赤目小籐次は竹筒に残しておいた酒を次直の柄に吹きかけ、河原の岩から立ち上がり、かたわらにおいた竹竿を手に赤穂藩の渡渉地へと歩み寄っていった。

晒し木綿が巻かれた竹竿を持つ貧弱な矮軀、対照的に大頭の赤目小籐次は、大道芸人に見えなくもない。

川渡りを待つ人々が込み合う河原で歩みを止めた小籐次は、今一度、半町も上流で川を渡る行列を見た。

（通嘉様、ご覧あれ）

胸に念じた小籐次は河原の小石を積んで、その間に竹竿の端を突っ込み、立て

た。

何事が始まるかと旅人たちが注視した。

赤目小籐次は、昨夜、木賃宿で作り上げた晒し木綿を竹竿の先端から、
はらり
と広げて垂らした。

「なんだえ、蝦蟇《がま》の油売りかい」

「違うな、なにか書いてあるぜ」

「おれっちは文字は読めねえぜ。そこの隠居さん、読んでくんな」

旅の者たちが竹竿から吊るされた白木綿の周りに群がった。

「なになに、播州赤穂藩森忠敬様に申し上ぐる。遺恨あって御鑓拝借致す、か」

「ご隠居、どういう意味だえ」

「意味もなにも読んだとおりだ」

と隠居の目が渡渉する行列を見ると、

「家紋は鶴丸、こりゃ大変だ。あの行列が播州赤穂の殿様の行列だ」

「なんだって！　この侍、赤穂の行列に斬り込もうというのかえ」

「そりゃあ、おめえ、播州赤穂ときたら討ち入りだぞ」

「馬鹿も休み休み吐かせ。赤穂も代替わりしてよ、その上、浅野様も吉良様もとっくにあの世の人だ」

「だからよ、遺恨を持ってあの世から来たんだよ」

旅の連中が好き勝手なことを言うなかを、赤目小籐次は、川を渡り終えた森忠敬の御駕籠へ悠然と歩み寄っていた。

新渡戸勘兵衛は流れの中で騒ぎに気付いた。

河原で川渡りを待つ人々が竹竿から垂らされた白布の前に群がり、墨書された文字を読んでいた。

だが、新渡戸のところから文字までは読めなかった。すると森忠敬の御駕籠が蓮台から河原に下ろされるのを見た見物の衆が口々になにか叫んでいた。

その前方で、破れ笠を被った小柄な武士が御駕籠へと歩み寄っていた。

（あやつだ。箱根の関所前で丸亀藩京極家の行列を襲ったのは）

慄然とした新渡戸勘兵衛は川の流れの中から旗本である近習組頭の高野左太夫に向かって、

「高野氏《うじ》、狼藉者が殿の御駕籠を襲うやもしれぬ、気をつけ召されー」

と叫んでいた。

だが、上流から海に向かって吹く風が新渡戸の必死の叫びを吹き流して高野の耳には届かなかった。

それでも高野は異様な気配を感じて、辺りを見回した。

河原の一角に集った人の群れがこちらを向いて、何事か話していた。

その人の群れと渡渉地の中間に、破れ笠を被った小さな武士が意を決した足取りで接近してきていた。

(こやつか、丸亀藩の行列を襲ったのは)

と察知した高野は配下の近習組に、

「殿の御駕籠の周りを固めよ!」

とまず危機を知らせ、次に、

「御鑓持、こちらへ来るのだ、走れ!」

と叫んだ。

赤穂藩の御鑓持の柳太郎は、高野左太夫の形相に何事が起こったか訝《いぶか》しく感じながらも立ち竦んでいた。

悠然と行列に歩み寄っていた赤目小籐次がふいに走り出した。

同時に高野左太夫も小籐次に向かって突進していった。

柄袋を取り捨てる余裕はない。

高野は鞘のまま刀を抜くと振り冠《かぶ》りつつ、走り続けた。

小籐次も次直を抜き放つと体の左前に刀身を寝かせ、赤穂藩の御鑓に向かって走った。

その前に鞘のまま刀を振り翳した高野左太夫が立ち塞がって走り込んできた。

小籐次は次直を峰に返して、間合いを詰めた。

戦いの間が一瞬にして切られ、高野左太夫は長身を利して、鞘が嵌《はま》ったままの大刀を小籐次の破れ笠に振り下ろした。

小籐次は間合いを詰めたとき、矮軀の腰をさらに沈ませ、高野の上段から振り下ろされる大刀の真下に入り込み、
つつつっ
と高野の左脇へと身を逃しながら、脇構えの次直を高野の腰から腹部へと強《したた》かに打撃した。

峰に返されたとはいえ来島水軍流の秘剣、

「流れ胴斬り」

がびしりと決まり、高野は前屈みに河原に崩れ落ちた。

その直後、赤目小籐次は御鑓持の柳太郎に襲いかかった。

「狼藉者！」

と叫びながら後退《あとずさ》りする柳太郎の声を聞きつつ、峰から刃へと戻した次直を虚空へと振り上げた。

次直が太刀打銀拵えの御鑓の穂先下を斜めに斬り上げ、河原に飛ばした。

小籐次は白摘毛の革鞘ごと切り離された槍の穂先を拾うと、

「斬り伏せよ！」

「行列に無法を働く乱心者、取り押さえよ！」

「忠敬様の御駕籠を囲め、囲むのじゃあ！」

と錯綜した命が飛ぶなか、流れへと走り込んだ。

赤目小籐次は邪魔になる白摘毛の革鞘を穂先から振り捨てた。

左手に赤穂藩の御鑓先を、右手に次直を握り締めて、流れの中央へと走った。

新渡戸勘兵衛は一瞬の悪夢を流れの只中で見ていたが、襲撃者が自身のほうへ走り来るのを見て、

「朋造、薙刀を」

と手を差し出して老従者から摑み取ると革鞘を流れに振るい捨てた。

（神仏は赤穂藩を見捨ててはおられなかったわ）

松田派新陰流の薙刀の名人、新渡戸は流れに両足を踏ん張り、頭上でぐるぐると薙刀を振り翳しながら、狼藉者が間合いのうちに入るのを待った。

そのとき、讃岐丸亀藩の道中目付支配下の黒崎小弥太は、江戸藩邸へ新たに急使の命を受けて、酒匂川の河原に差し掛かり、騒ぎに遭遇した。

真鶴の戦いの後、小弥太は吉原宿で行列と再会し、目付の多田三右衛門に報告した。その結果、江戸への急使の役を負わされることになったのだ。

丸亀藩を襲った初老の武者赤目小籐次が他藩の行列をも襲撃していた。

（なんということか）

小籐次は箱根関所前の鮮やかな手並み同様に、川渡りを終えた隙を衝くように襲いかかって、立ち塞がる家臣を倒し、御鑓を切り取るとそれを手に流れへと走り込んでいた。

その前には薙刀を構えた武士が立ち塞がった。

見る見る間合いが縮まっていく。

巨軀の新渡戸勘兵衛は水の中で不動を保ち、矮軀の老武者赤目小籐次は一尺の流れを疾走していた。

小籐次の飛ぶように弾む走りに飛沫《しぶき》が上がり、西に傾いた陽に、
きらきら
と光った。

小籐次は、相手が立つ流れの左前にわずかに頭を覗かせた岩に目を止めていた。だが、相手に悟られぬように一気に間合いを詰めると、その直前でわずかに方向を転じて、岩の頂に飛び上がった。

新渡戸が方向を転じた小籐次の動きに合わせるべく、横に身を移そうとした瞬間、相手の小さな体が虚空に捻り飛んでいた。

薙刀の刃先が翻り、虚空を飛翔する小籐次の降り際を襲おうとした。

そのとき、小籐次の手にしていた御鑓の穂先が投げられた。

新渡戸勘兵衛は飛来する得物が赤穂藩の御鑓と承知したとき、薙刀で切り落とすことを躊躇《ちゆうちよ》した。

その忠義心が新渡戸の命を絶つ結果になった。

薙刀の刃先を小籐次の両足に合わせた新渡戸の胸に穂先が深々と立った。

ぐらり
と巨体を揺らした新渡戸の手から薙刀が落ちて、さらに流れに仰向けに倒れ込

んだ。

赤目小籐次は流れに着水すると、一旦沈んだ新渡戸の胸に突き立つ御鑓先を抜き取り、小八幡の岸辺を目指して走り出した。

戦いが赤目小籐次の勝利に終ったとき、黒崎小弥太は小籐次の姿を追って敢然と流れに走り込んでいた。

酒匂川の河原に重い静寂が訪れた。

大名行列に独りで戦いを挑み、鮮やか過ぎる勝利を収めた者がいた。

敗者に落ちた赤穂藩の面々はあまりの衝撃に言葉もなく立ち竦んでいた。

小弥太が流れに飛び込んだとき、お先頭の古田寿三郎が配下の尾崎秀三郎と鈴木辰蔵を呼び、

「あやつの後を追え、御鑓先を奪い返すまで帰藩はならぬと思え」

と命じた。

二人の若い家臣が赤目小籐次と黒崎小弥太の後を追って、渡ったばかりの酒匂川の流れへと駆け込んでいった。

「何事が出来《しゅつたい》したか」

御駕籠の中から森忠敬の問う声がした。

行列の総責任者の森五平治は、急ぎ御駕籠脇に歩み寄ると、

「乱心者が騒いだだけにございます。まずは小田原本陣へと急行いたします」

「五平治、隠すでない。当家に降りかかった騒ぎを知らずしてこの場を離れられるものか」

忠敬の舌鋒は険しかった。

おろおろと迷う五平治の下に古田寿三郎が駆けつけ、気配で主従の問答を察し、手短に真実を語った。

「なにっ、御鑓先を奪われた上に新渡戸勘兵衛が殺害され、高野左太夫が怪我を負わされたとな」

「殿、この者、二日前にも箱根関所前にて丸亀藩の京極家のお行列を襲っております。ただの乱心者とは覚えず、まずは小田原本陣に急行して、真相を究明し対策を練りまするゆえ、御出立お願い申し上げます」

「狼藉者を打ち捨ててこの場を離れよと申すか」

「いえ、それがしの配下の者に追わせてございます。必ずや相手を突き止め、御鑓先を取戻してまいりますゆえ、まずは本陣に」

「必ずや御鑓は取戻すのじゃぞ」

「はっ」

即刻行列が整え直され、中老の森五平治に指揮されて河原から城下外れの町、網一色《あみいっしき》へと上がっていった。

後始末のために河原に残った古田寿三郎は、未だ騒然とする渡し場に立てられた幟《のぼり》へと歩み寄った。するとそこには達筆とも思えぬ墨書で、

「播州赤穂藩森忠敬様に申し上ぐる。遺恨あって御鑓拝借致す」

とあった。

古田は竹竿の先に下げられた晒し木綿の幟を摑み取ると、くるくると巻いて手にした。

（諸国からの旅人の前で赤穂藩の名は地に堕《お》ちた）

憤怒の表情を覆い隠した古田は、新渡戸勘兵衛の亡骸が回収された河原へと足を向けた。

四

十一万三千石の大久保加賀守忠真の居城のある小田原宿は、江戸を発った参勤

交代の行列が最初に宿泊する譜代の城下町である。

その上、小田原藩では箱根の関所の守りを幕府から任じられてもいた。

この小田原に本陣が四つ、脇本陣が四つと旅籠が百余り、箱根越えを前に複数の大名行列や幕府役人一行がかち合ってもよい規模を備えていた。

播州赤穂藩の行列は四つの本陣の一つ、清水屋紀右衛門方に投宿した。

座敷に入った藩主の森忠敬は、行列の総責任者たる中老の森五平治を直ぐに呼んだ。

森は御鑓持の柳太郎の手に残された御鑓の柄を持参すると忠敬の前に出た。忠敬は斜めに切り割られた御鑓の柄をしばらく見ていたが、

「御鑓がなくば道中もできまい」

と哀しげな声を絞り出した。

文化四年(一八〇七)に十四歳で森家に養子に入り、藩主の地位に就いた忠敬はこのとき二十四歳の若さであった。

「はっ、なんとか工夫致して赤穂まで帰着しとうございます」

「五平治、ただ今の大久保様のご城下に入った行列の光景を見たか。まるでわれらは戦に破れた落ち武者の一団ではないか。赤穂二万石の体面を失い、これから

先どうして旅をせよと申すか」

「む、無念にございます」

「その上、道中奉行の新渡戸勘兵衛を殺され、近習組頭の高野左太夫が怪我を負わされたとは……」

忠敬の言葉は後が続かない。

新渡戸も左太夫も忠敬が厚い信頼を寄せる家臣であった。赤穂藩行列の中心となるべき道中奉行と近習組頭を一瞬のうちに失っていた。

「真にもって不甲斐なきことにて、お詫びの言葉もございませぬ」

本陣に到着すれば、まず本陣の亭主が羽織袴の正装で藩主の前に挨拶に伺う。

それに先立ち、関札役人が本陣を訪ねて、宿泊の前触れをする。本陣亭主は三《さん》方《ぽう》と大風呂敷を持って迎え、関札を受け取る。

関札とは大名家が宿泊する場合、本陣や脇本陣にかけられる木札のことで、

「森肥後守宿」

などと書かれていた。

関札は二枚揃いで、本陣亭主の捧げ持つ三方の上に関札役人が関札を載せる。

亭主はそれを頂戴すると、

「相変わらず御宿を仰せ付けられ有り難く存じ奉り候」

と恒例の挨拶をなす。これらの儀式は本陣、脇本陣、旅籠とどこに何人泊まるかの宿割りのためだ。

大藩なれば宿割り役人が二日前に先行して本陣と交渉して済ますものだ。だが、赤穂藩には別行させる余裕もなく、本隊と同行した関札役人が宿場到着数刻ほど前に先行して手早く簡略に済ますことにしていた。

だが、酒匂川の騒ぎで関札役人も行列を離れることが出来ず、小田原本陣には、「森肥後守宿」の関札もかけられていなかった。

本陣側は落ち武者のような惨めな姿で現れた一行を唖然《あぜん》として迎え、その理由を問うことも忠敬に挨拶することも遠慮していた。

本陣前では家来衆、中間、人足がどこにどう泊まるのかも分からず虚脱したように待っていた。それを宿割り役人が必死で捌《さば》こうとしていた。

忠敬と五平治は御鑓奪還の吉報が届かぬかと暗い座敷で溜め息ばかりついていた。

そんな惨めな時が過ぎていく。

ようやく近習が明かりを入れて藩主の座敷に運んできた。

そこへお先頭の古田寿三郎が本陣に辿り着き、忠敬と五平治がもはや言葉もなく顔を見合わせる上段の間の廊下に控えた。

「おう、寿三郎、御鑓先を取戻したか」

「恐れながら未だ」

と言葉を濁した古田は二つの品を持参していた。まずその一品、赤目小籐次が河原に立てた手書きの幟を藩主と重臣二人の前に広げて見せた。

行灯《あんどん》の明かりに、

「播州赤穂藩森忠敬様に申し上ぐる。遺恨あって御鑓拝借致す」

と読めた。

「五平治、寿三郎、なんの遺恨があってこのような理不尽に遭わねばならぬ」

忠敬の問いに二人の家来は返す言葉もなかった。

古田が自らを奮い立たせるように言い出した。

「殿、二日前には箱根関所前にて讃岐丸亀藩京極高朗様の行列が何者かに襲われたそうにございます。おそらく当家の危難も同じ人物が企てたもの。さすれば京極家と当家に関わりがあるなにかに遺恨を持っての行動かと推測されます」

「余はそのようなものに心当たりがない。むろん城中では京極高朗どのと同じ詰間ゆえ面識はあるが、さほど親しき仲とも言えぬ」

「となれば京極様の危難と無関係か」

五平治が呟く。

「いえ、関わりがなければ、かような大事を引き起こせるはずもございませぬ。殿がお気づきにならない何かがあるはずにございます」

「寿三郎、心当たりないものはない」

若い忠敬が怒りを抑えて吐き捨て、古田が、

「殿、ここは赤穂藩が廃絶するかどうかの瀬戸際、肝心なところにございます。恐れながらとくとお考え下されい」

と願った。

忠敬は江戸屋敷にいたとき、度々遠乗りに出かけた。そのときに随行する数少ない藩士の一人が十歳年上の古田寿三郎で、深い信頼を寄せていた。

「寿三郎、明朝から御鑓先もなくどうやって道中を続ける」

五平治の問いに、古田がもう一つ河原から回収した包みを次の間の襖《ふすま》の陰から運んできた。

「あの者が御鑓先を奪い去った折、邪魔になると思うたか、流れに捨てた御鑓先の革鞘にございます。ちと姑息ではございますが、偽の御鑓を工夫して革鞘を被せ、なにはともあれ赤穂へと帰着することが肝心のことかと思えます」

古田は切られた鑓の柄の前に革の鞘を置いた。肝心の穂先を失った柄と革の鞘が空しく畳の上に横たえられていた。

「なにっ、寿三郎。そちはこの忠敬に偽御鑓を振りたてて道中をせよと申すか」

「背に腹は代えられぬは道理、ここは殿、ご辛抱下され。元禄の御世、浅野家が見舞われた苦衷に比べれば、これしきの危難なんとしても乗り越えねばなりませぬ」

古田も必死だ。

本来なればこの場には亡くなった新渡戸勘兵衛があって、てきぱきと指図をしていたはずだ。それがいない以上、古田が口を出すしかない。

忠敬もまた家来に赤穂浅野家のお家取り潰しまで持ち出されては反論のしようもない。

「京極家では箱根関所前の騒ぎ、幕府の勘定奉行にお届けになったであろうか」

五平治が次なる心配を持ち出した。

五街道は幕府の勘定奉行支配下道中方が各街道の管理から問屋場の差配などをしていた。

「そのことを河原からの道々考えましたが、まずお届けはなされておりますまい。京極家にとっても言い訳のしようがございませぬ。元々大名行列は軍列にございますれば、お先三品の鉄砲、鑓、弓隊が先頭に立つ習わし。それが一人の狼藉者に襲われ、あまつさえ御鑓が奪われたとは、口が裂けても届けることは出来ませぬ」

同じ醜態を赤穂藩が蒙《こうむ》っていたのだ。

「ならば当家《うち》もそう致すか」

「まずは赤穂に行列を進めつつ、別働の者を組織し、御鑓の探索回収を優先させることこそ大事かと思われます」

藩主の忠敬と中老の森五平治が顔を見合わせ、力のない溜め息をつくと頷き合った。

「寿三郎、御鑓の探索隊に何人残すな」

「新渡戸勘兵衛様の弔い、さらには高野左太夫様の怪我治療もございますれば、この小田原宿に三人の下士と、国許と江戸との連絡のために二人ほど小者を残す必要があろうかと思います」

「頭はいかが致す」

「殿のお許しがございますなれば、それがしが務めます」

「明日からの道中、道中奉行、近習組頭を失った上にお先頭の寿三郎もいなくなるか」

忠敬が再び溜め息を吐《つ》いた。

「ご中老、道中ご心労かと存じますが、なんとしても赤穂まで殿を恙《つつが》なくお届け下され」

と古田寿三郎が願った。

「承知した」

中老の五平治が勇気を振り絞って承知した。

「今ひとつ、このこと江戸屋敷に知らせる要がございますな。書状を書いていただけますか。使いの人選はそれがしがいたします」

「よかろう」

と五平治がこれも承知した。

森五平治と古田寿三郎は忠敬の前を下がり、御用部屋に本陣亭主清水屋紀右衛門を呼んだ。

すでに初老の坂を越した紀右衛門は赤穂藩の行列になにが起こったか承知していた。

「酒匂川の河原にて、大変なご災難が降りかかりましたと聞き及びました」

「亭主、そなたはすでに承知か、ならば話が早い」

古田寿三郎はこの一件をなんとか乗り切るには本陣の亭主の助けがいると考えていた。

「二日前にも箱根関所前にて同じ狼藉を働いた者がおると聞いた。しかとさようか」

「讃岐丸亀藩中の災難にございますな。おっしゃるとおりにございます」

「亭主、なんぞ丸亀藩の災難について承知のことはないか」

頷いた紀右衛門は、

「狼藉を働いたのは、初老の武者にて背丈は五尺前後、竹棒を振り回しつつ行列に襲いかかって家臣の方を打ち据え、ちと仔細あって京極家の御鑓先を拝借致すと叫びながら、その前に立ち塞がった物頭を斬り倒し、強引にも御鑓先を強奪して箱根山中に逃走したそうにございます」

「一緒の人物だぞ、古田」

森五平治が呻いた。

「その者と戦われて命を亡くされた物頭が、戦いの前に狼藉の謂《いわ》れを問い質されると、遺恨ありやなしや京極高朗様にお尋ねあれと答えたそうでございますよ」

さすがに箱根関所を管轄する小田原城下の本陣亭主、騒ぎをよく承知していた。

（遺恨ありやなしや京極高朗様にお尋ねあれか）

赤穂藩への訴えの言葉と酷似していた。

「そやつ、大名家の御道具を集めてなにをなす気か」

五平治が自問するように言った。

古田は、

（いや、大名家なればだれでもよいのではないのだ。狼藉者は確信があって、京極家を、続いて森家の行列を襲ったのだ）

と考えていた。

「森様、古田様、箱根の狼藉者の名が分かっております」

「なにっ、身許が割れていると申すか」

「いえ、赤目小籐次という名前だけにございますよ」

「赤目小籐次とな」

と答えた森五平治が、

「念のためだ、殿にこの名を申し上げてみる」

と席を立った。

「亭主、箱根の一件、すでに幕府では承知であろうな」

「箱根関所からの連絡により小田原藩では騒ぎを江戸屋敷に知らせてございますゆえ、まずは幕府にも」

「京極家では幕府に一件をお上げしたであろうか」

「箱根関所の通過は実に慌ただしいものであったと聞いております。おそらく三島本陣に到着した後に重臣方が協議し処置なされたとはおもいますが、そこまではなんとも摑めませぬ」

と答えた紀右衛門が、

「恐れながら申し上げます。小田原藩から幕府老中へ騒ぎが上申された以上、赤穂様でも江戸勘定奉行道中方および大目付に報告をなすことが後々のお為かと思われます」

と言い出した。

古田は老練な本陣亭主の言葉を苦渋の顔で頷いて聞いたが、力なく反論した。

「亭主、御鑓先を奪われたと幕府にどの面《つら》下げてご報告できようか。士道不覚悟とお咎めがあるやもしれぬぞ」

「そこでございますよ。狼藉者に行列を襲われたが撃退したとだけお知らせなされば如何《いかが》にございますな。お届けなく後々お上に問い質されるよりはよかろうかと」

「なるほど」

「おそらくは丸亀藩も同じ考えの下で江戸に急使を命じられたはずにございます」

「よき考えを聞かせてもろうた」

「古田様方は災難を蒙られたばかりの当事者にございます。ぞくに傍目八目、第三者のほうが冷静にございますでな」

「いかにもさよう」

清水屋紀右衛門を下がらせ、今ひとつ京極家と森家に降りかかった危難が同根の恨みに発したものかどうか考えた。

古田寿三郎が訝しく思ったのは、

「御鐺拝借」

と宣言していることだ。

二家に恨みを感じて行列を襲い、御道具を強奪したのなら、その行動で事はなっているはずだ。それをなぜ、

「御鐺拝借」

と宣告したのか。

「拝借」

とは後に返すということではないか。その、

(返され方)

が問題だと古田は思った。そして、

(この騒ぎは終ったわけではない)

のだと考えたとき、森五平治が御用部屋に戻ってきた。

「殿は赤目小籐次などという名に覚えはないと申された」

予測されたことだ。

「森様、ご相談が」

と古田は本陣の亭主から受けた知恵を告げた。

「なにっ、危難に襲われたが大事なかったと幕府に報告せよと申すか」

「小田原藩から幕府には上申されている以上、届けを見送るのは後々如何なものかと亭主は申します」

「さすがに小田原本陣の亭主だのう、いかにもさよう」

「森様、急ぎ江戸のご家老に宛てて書状をお願い申します。それがし、先ほど申しましたように江戸への使いと探索組を人選してまいりますゆえ」

「よし、今夜じゅうに使いを発たせるぞ」

と中老の森五平治が返答をして、お先頭の古田寿三郎は退室していった。


平塚宿に夜が訪れていた。

東海道を行き来する旅人も旅籠に入り、人影が絶えていた。

赤目小籐次は酒匂川からほぼ四里を走り抜き、さらに平塚宿を通り抜けようとしていた。

走りを止《や》めないのは追っ手の気配を感じていたからだ。

布に包んだ穂先を小脇に抱えるのが重くなっていた。

（糞っ）

と思いつつも先へと走り続けた。

ふいに追っ手の気配が消えた。

行く手に馬入川《ばにゅうがわ》が立ち塞がっていた。

馬入川は酒匂川と異なり、舟渡しだ。だが、もはや渡し舟の刻限は過ぎていた。

土手に駆け上がると河原に下りた。

(どこぞで舟を見つけて川を渡る)

足を緩めた小籐次は上流へ向かうか下流を探すか迷った末に下流を選んだ。

一町も渡し場から下ったか、二つの影が行く手を塞いでいた。

「追っ手か」

「いかにも赤穂藩お先組尾崎秀三郎」

「同じく鈴木辰蔵」

と名乗りを上げた二人のうち尾崎が、

「御鑓を返却願おうか」

と迫った。

「仔細あっての行動にござれば、ただ今は返却し難うござる」

「われら、そのほうを斬っても奪い返す所存」

二人が剣を抜いた。

先を越された丸亀藩の黒崎小弥太がその模様を土手からじっと見ていた。河原で三人が対決する様子が月光の下、箱庭の人物のように小さく点景で眺められた。

二人の赤穂藩家臣を相手に赤目小籐次がなしたことは、まず小脇に抱えていた御鑓先を河原に置くことだった。

その悠然とした動きに小弥太は二人の運命を察していた。

（あの者、並みの腕前ではない）

そのことは真鶴半島の戦いで同輩の草刈民部らが倒されたことで承知していた。

赤目小籐次が剣を抜いた。

二人の家臣が同時に仕掛けた。

小籐次は二人の間に突進する気配を見せた直後、
するする
と右前の鈴木辰蔵の外側へと身を流して胴を抜き、一転して、上段から振り下ろす尾崎秀三郎の刃の下を掻い潜るように首筋を刎《は》ね斬った。

血飛沫が月光に浮かび、二人の若い家臣が次々に河原に倒れ込んだ。

箱庭の決闘は一瞬にして終った。

赤目小籐次が血振りをくれて河口へと向かって歩き出した。

土手にいた黒崎小弥太は間をおいて小籐次を尾行していった。

急使の任を受けた小弥太は、その背に江戸屋敷への手紙を負っていた。だが、この際、赤目小籐次の行方を追うことこそ、なににも増して優先すると小弥太は考えていた。

第三章　城なし大名

一

翌朝七つ（午前四時）過ぎ、赤穂藩森家の行列は小田原本陣を発って箱根越えに差し掛かった。

小田原宿に残ることになった古田寿三郎は、三枚橋まで藩主の行列を見送りにいった。

森忠敬は御駕籠を橋際に止めてわざわざ古田を呼び、

「寿三郎、なんとしても御鑓先を取戻すのじゃぞ」

と重ねて命じた。

その朝、主従の気持ちを幾分明るくしたのが、赤目小籐次と戦い、峰で腰から

胸部を打ち上げられて、脇腹を痛めた近習組頭の高野左太夫が、

「なんとしても行列に同行する」

と痛みの残る患部に馬肉を当てて熱を取りながらも駕籠に乗り込んだことだ。

駕籠の天井から垂らされた紐に両手をかけて顔に脂汗をかいた高野が古田に、

「後は頼んだぞ」

と悲痛な声を残して橋を渡っていった。

行列は若葉の箱根路に姿を消し、古田はその日の手順を考えながら、小田原宿へと体を向け直した。すると本陣亭主の清水屋紀右衛門が早川を見下ろす路傍に立っていた。

紀右衛門も見立てと称する見送りに来ていたのだ。

「古田様は徹夜にございましたか」

紀右衛門が古田のはれぼったくも疲れた顔を見た。

「それがしだけではないでな」

赤穂藩の主だった家臣たちは慌ただしくも大久寺で執り行われた道中奉行新渡戸勘兵衛の通夜に参列して、一睡もしていなかった。

降りかかった災難の噂を打ち消すためにも、行列を小田原から早々に出立させ

る必要があったし、路用の出費からもこれ以上の逗留は許されなかった。

「この足で大久寺に参られますか」

通夜を終えた新渡戸勘兵衛の亡骸はすでに土葬に付されていた。だが、朝のうちにかたちばかりの弔いが、新墓の前で行われることになっていた。

「ちと早いが参ろうかと思う」

「ではご一緒させてくだされ」

手に数珠を提げた紀右衛門が古田と肩を並べた。

新渡戸が葬られた大久寺は、天正十八年（一五九〇）に小田原城主になった大久保忠世《ただよ》の所縁の寺だ。

小田原入城の翌年、遠州二俣から日英上人を招いて開かれた寺であった。むろん寺名の由来は大久保姓から取られたものだ。

二人は大久保家の初代忠世も眠る大久寺の山門を潜った。すると、庭の掃除をしていた小坊主が、

「紀右衛門様、和尚様はちょうど新仏のお墓に参られたところですよ」

と本堂左手の墓地を指した。

「それはちょうどよいところにきた」

二人は大久保忠世の古びた墓の前を通って、墓地の東側に行った。すると、住職の日源が二人の若い修行僧を伴い、埋葬された新渡戸の土饅頭《どまんじゆう》の前に線香を手向《たむ》けようとするところだった。

「和尚様、ご苦労にございます」

顔見知りの紀右衛門の挨拶に頷いた日源が、

「旅の途中で小田原に倒れられたも人の世の宿命《さだめ》、われらはせいぜい新仏の供養に努めましょうかな」

と言うと読経を始めた。

古田寿三郎は新渡戸の御霊《みたま》に、

「新渡戸様、来年の参勤の折には忠敬様にお願いして、本葬を営みますでな」

と詫び続けた。

あまりにも簡素な弔いが終った。

古田寿三郎と紀右衛門が本陣に戻ったとき、新たな事件が出来していた。

本陣から近くの旅籠への宿移りを命じていた赤穂藩の士分、今村種三と平野初五郎が門前でうろうろして、古田の帰りを待っていた。

「古田様！」

平野が尖った声を上げた。

「馬入河原でわが藩の手形を所持した二人の者が斬り殺されて見つかったそうにございます」

「なんと」

考えられるのは赤目小籐次の追跡を命じた鈴木辰蔵と尾崎秀三郎だ。

（赤目を追い詰めた二人が返り討ちに遭ったか）

「われらが小田原宿滞在を承知の馬入川川役人がつい最前使いを差し向けられ、知らされたところにございます」

一難去ってまた一難か。

「古田様、心当たりがございますので」

と紀右衛門が聞いた。

「ある」

と答えた古田に、

「まずはともあれ、二人の亡骸を確かめることが肝心。馬入川の川役人なれば存じよりもおりますでご一緒いたします」

と紀右衛門が応じた。

「そう願おうか」

古田は二人の士分を旅籠に残して、大久寺にこのことを告げて二人の埋葬方を新たに願えと命じると、小者二人を伴い、紀右衛門と一緒に馬入川に急ぎ向かった。

二刻後、古田寿三郎は独り馬入川の河原に立っていた。

昼前の陽光が流れと河原にやわらかく降り注いでいた。

だが、眼前の河原では二人の若い藩士が赤目小籐次のために命を失ったのだ。その無念を残したように河原に黒く乾いた血痕が散っていた。

（糞めが）

古田は胸のうちにどうしようもない憤怒の念を打ち捨てると、尾崎秀三郎と鈴木辰蔵の霊に合掌した。

すでに二人の亡骸は、清水屋紀右衛門が付き添い、藩の小者二人のほかに土地の人足を頼んで、小田原の大久寺へと運んでいた。

紀右衛門が同行してくれたおかげで、滞りなく二人を搬送する手配が済んでいた。

なんとしても今日中に尾崎らを仮埋葬して、赤目小籐次を追跡する仕度を終えなければ、そう心に決めた古田は川役人の詰め所に礼を述べるために立寄った。

すると川役人の一人が、

「おおっ、まだおられたか」

というと一尺ほどの御鑓の穂先下の銀巻の部分を差し出した。

「ただ今、馬入川河口で漁師が見つけたものにございます。その者が騒ぎを承知していて、われらに届けてきたのです」

古田はそれが奪い取られた赤穂藩の御鑓の銀巻と一目で分かった。

赤目小籐次は持ち運びいいように御鑓の穂先と柄を繋ぐ銀巻を切り落として捨てていったのだ。

「かたじけない」

古田寿三郎はそう礼を述べて銀巻を受け取った。

大磯宿外れの馬入川からさらに小田原宿へ四里余り、沈む気持ちと重い足取りで戻り始めた。

古田寿三郎と別行して小田原宿に戻った清水屋紀右衛門は、若い二人の赤穂藩士の亡骸を大久寺に運び、日源和尚に供養のことを頼んだ。そして、その場に赤穂藩の二人の小者を残して、上方見付の本陣に戻ろうとした。

今宵の本陣清水屋には帰任する伊勢奉行の一行が滞在することになっていた。そのためにいろいろと気を遣う仕事が待ち受けていたのだ。

上方見付の辻に差し掛かったところで湯本早雲寺の僧侶明正師と会った。小坊主を伴い、檀家へ法事にでも出向くところか。

「明正様、法事ですかな」

「紀右衛門さん、箱根と小田原でえらい騒ぎが起こっているというではないか」

「まったくどえらい騒ぎですよ。今も大久寺にさる藩の家来二人の亡骸を運び込んだところにございます」

「なんとのう」

と驚いた明正師が、

「その一件で、法事の帰りにそなたのところに立ち寄ろうと考えておったのだ」

「なんでございますな」

「騒ぎを起こした者は、五尺そこそこの初老の武者というではないか」

「はい。なんでも赤目小籐次と申す侍でしてな。破れた菅笠を被り、身なりも浪々の様子で粗末なものにございますそうな」

「それならば覚えがある」

「覚えがあるとはどういうことにございますな」

「その風体の侍がうちの境内から峠道を見下ろして長いこと平伏していたそうだぞ」

「いつのことでございますか」

「それがな、箱根関所前の騒ぎがあった前日のことだ。此度の騒ぎと関わりがあるかどうか」

「その者、平伏していた理由《わけ》をご存じにございますか」

「庭掃除の老爺は行列を見送りながら咽《むせ》び泣いていたと申すのだがな」

「行列を見送りながら咽び泣いていた」

紀右衛門の五体に衝撃が走った。

赤目小籐次が無法を働く意味がこの行動に隠されているのではないか。

「明正様、行列はどこの御藩か分かりませぬか」

「家紋は折敷《おしき》に三の字とも軍扇三つとも言う者があってな。愚僧らには藩名までは見当もつかぬ」

「分かりましてございます。豊後森藩久留島様のお行列にございますよ。その前日より小田原宿にご宿泊でございました」

さすがに本陣の亭主、「折敷に三の字」と「軍扇三つ」で言い当てた。

「折敷に縮み三文字」の紋は海上守護の大三島神社の神紋であり、伊予地方に勢力を伸ばした河野氏を含む越智一族が戦国時代に使用した。

だが、江戸期に移り、「折敷に縮み三文字」を継承したのは、伊予の来島から豊後森に転封した来島改め久留島氏であった。

その経緯を一族の久留島武慶《たけよし》はこう記す。

「自分は久留島の三男なりしがその果報めでたきゆえ、河野の婿になりて、風早郡一万貫を賜りぬ。これによって、紋もまた河野家側折敷を許されて、三文字を加えたり。わが先祖は沖の島をわずかに知行し、紋も円形に三文字なり」

また、久留島家の本紋は、「久留島団扇」と呼ばれる軍配団扇三つを組み合わせたものだった。

(赤目小籐次は豊後森藩に所縁のものではないか)

なぜなら、もし小籐次が豊後森藩に恨みを抱く者なれば、箱根山中で行列を襲ったと考えられるからだ。

豊後森藩の行列を平伏して泣きながら見送り、讃岐丸亀藩京極家と播磨赤穂藩森家の行列には御鑓先を切り落とす無法を働いた。このことにこそ此度の騒ぎの真相が隠されていないか。

「明正様、よきことをお知らせ頂きましたぞ」

礼を述べた紀右衛門は本陣に戻るのを止めて、赤穂藩の古田らの旅籠に向かった。

東海道に面した旅籠三宅屋が赤穂藩の古田らが本陣から移った旅籠だ。すでに宿移りを済ませた今村種三と平野初五郎が迎えた。

「古田様は未だお戻りではございませぬか」

「まだにござる。尾崎どのと鈴木どのの亡骸は、大久寺に運ばれましたか」

「あちらにお移ししてございます」

「ならば私ども二人で寺に参ります」

「古田様がお戻りになられたら、そう伝えますでな」

二人の下士が大久寺へと向かってから四半刻後、古田寿三郎が御鐺の銀巻部分を手に旅籠に姿を見せた。

玄関先の上がりかまちで茶を馳走になっていた紀右衛門が、

ちらり

と御鐺の銀巻に目を止めて、

「古田様、お話が」

と言いかけた。

「これ以上に悪い話かな、紀右衛門どの」

と銀巻を見せた古田に、

「悪いとも言えますまい」

「部屋に通ろうか」

古田らに用意されていたのは二階の二間だ。

紀右衛門はその一間で対面するのももどかしく、早雲寺の寺付僧侶の明正師から聞かされた話を告げた。

古田の疲れ切った顔に力が蘇ってきた。

「赤目小籐次は豊後森藩の家臣であったか」

「とは決め付けられませぬ。ですが、関わりがあることは確かにございましょう」

「豊後森藩の家格はどうであったかな」

そのことをまず古田寿三郎は気にした。家格が上なれば、これからの係争の始末に大きく左右してくるからだ。

「森藩は伊予来島から豊後森に移され、来島を久留島と改名して一万四千石を許されましたが、その後、二人の弟の分家が認められて千石、五百石と分知されておられます。ゆえにただ今は一万二千五百石、従五位下《じゅごいげ》柳之間詰の外様にございますよ」

本陣亭主はそのことを聞かれることを予測していたか、すらすらと答えた。

「一万二千五百石か」

となれば赤穂藩とは官位と詰之間は一緒ながら、禄高では森藩が下だ。

「ただ今の藩主は八代久留島通嘉様にございます」

古田寿三郎はしばらく腕組して考えた。

森忠敬と久留島通嘉とになんぞ関わりがあったか。

一家臣の古田ではもはや想像するしかない。

「古田様、私はこれで」

「亭主、此度はなにやかやと世話をかけ申した。この通りだ」

古田寿三郎は本陣の亭主の紀右衛門に深々と頭を下げて感謝した。

「お二人の通夜には参りますでな」

そう言った紀右衛門が部屋から姿を消すと、古田は三島本陣と江戸屋敷に宛てて、仔細を克明に記した書状を書き始めた。その途中で大久寺から二人の小者が旅籠に戻ってきた。

下士の今村と平野に代わって旅籠に戻ってきたのだ。

「よいところに戻ってきた。滋吉、そなたは即刻江戸に、松次郎は三島本陣へわが書状を持って走れ」

「畏まりました」

古田が若くて気の利いた小者を選んで残したのだ。それだけに降りかかる危難に必死で立ち向かおうとしていた。

「松次郎、そなたはご中老のご返書を持って、再び小田原宿へ引き返すことになるであろう。二人して辛い旅になるとは思うが赤穂藩存亡の瀬戸際、しっかりやってくれ」

「畏まりました」

中老森五平治の書状とは別に、その後に判明した事実を記した書状を書き終えた古田寿三郎は、五平治から預かった路銀のうちから二両を滋吉に、一両を松次郎に渡した。滋吉は森と古田の書状二通を持って、江戸に走ることになった。

「頼んだぞ」

二人の小者が東海道を左右に分かれて旅立っていった。

(赤目小籐次、そのままには捨て置かぬぞ)

古田はそう心に言い聞かせながら、二人の亡骸が待つ大久寺へと再び向かった。


この刻限、赤目小籐次は保土ヶ谷宿の問屋近くの一膳飯屋で、鰯《いわし》の煮付けと浅利の味噌汁で丼飯を掻き込んでいた。

平塚外れの馬入川の河口付近で舟を見つけて、対岸茅ヶ崎の浜へと渡った。さらに夜を徹して藤沢、戸塚宿を経て、保土ヶ谷に辿り着いたところだ。

次なる戦いまで二日ほどあった。

小籐次を尾行してくる気配に気付いたのは馬入川河口を渡るときだ。

小籐次と同じように舟で渡ってくる者がいた。

尾行者は丸亀藩の者か、赤穂藩の人間か。

ちらりと考えたが、小籐次は先を急ぐことにした。

(用事があるのは先方だ。おれではない)

夜を徹して江戸の方角に戻る小籐次を、尾行者は付かず離れず追ってきた。

今もどこかで小籐次が丼飯を掻き込む様を見ているはずだ。

黒崎小弥太はそのとき、保土ヶ谷立場にある飛脚屋の店先から赤目小籐次が一膳飯屋で飯を食う姿を見ていた。見張りを続けながら三島宿から持参した江戸屋敷の家老に宛てた書状と、その後、急変した経緯を急ぎ走り書きした己の書状を一緒にして送り届けるよう飛脚屋の番頭に頼んだ。

これで気分がだいぶ軽くなった。

こうなれば亀のように赤目小籐次に喰らいついて、

（なにを企んでかような非道をなすのか）

突き止める決心を固めた。

小籐次が飯を食い終えた丼に白湯《さゆ》を入れて、飲み始めた。

二十一歳の小弥太の腹が先ほどからぐうぐうと鳴っていた。ふとみると飛脚屋の数軒隣に串団子を売る店を見つけた。

「文のこと、早飛脚にて頼んだぞ」

「承知しました」

番頭の返事を聞いて、団子屋へと移動した。

そのとき、小籐次は追っ手の影を見つけていた。

（あやつ、真鶴の生き残りではないか）

小籐次は、小弥太が団子を買ったのを確かめて、飯屋の床机《しょうぎ》から悠然と立ち上がった。

二

赤目小籐次は満腹だった。

腹がくちくなれば眠くなるのが道理だ。

宿場には晩春のぽかぽかした陽光が散っていた。

小籐次は眠気を堪《こら》えて東海道を江戸の方向へと目指す。

その半町ばかり後を黒崎小弥太が串刺しの団子に食らいつきながら追ってきた。

保土ヶ谷から神奈川宿は一里九町しかない。

小柄な小籐次はしっかりとした足取りで歩き、神奈川の台と呼ばれた坂に差し掛かった。

〈宿はずれを加奈川の台という。風景眺望他にこえたり。此処には江戸前の茶店数軒ありて、いと美味なり〉

と天保期に上梓《じょうし》された書物に書かれたと同じ風景が二人の視界に広がり、茶店もすでに暖簾を上げていた。

赤目小籐次は街道を外れると本牧《ほんもく》の沖が見える高台の斜面に出た。そして、小高い岩場を見つけると這い上がり、腰から次直を抜いて岩場に胡坐をかいた。だが、背中に風呂敷で包み込んだ二本の槍の穂先はそのまま負っていた。

岩場は陽光に照らしつけられていたせいで温かかった。

小籐次は膝の間に次直の鐺《こじり》を立てて、鍔元《つばもと》に両手をかけると両眼を閉じた。

その模様を小弥太が見ていた。

直ぐに鼾が聞こえてきた。徹夜で馬入川から走り抜いてきた疲労で熟睡に落ちたようだ。

(眠り込んだあやつを襲うか)

小弥太は直ぐにその考えを打ち捨てた。

赤目小籐次は小弥太が尾行していることを承知していた。それればかりか小弥太の行動を気にかけて、歩調すら合わせてくれている気配であった。

その上、小籐次の端倪《たんげい》すべからざる剣の技量は存分に承知していた。

となれば小弥太のとるべき行動は、

(赤目小籐次に食らいついて、その狙いを探ることだ)

さすれば丸亀藩が立たされた窮地の打開の道も開かれようと思った。

小弥太は岩場を見上げることのできる大松の幹元に座り込み、監視態勢に入った。だが、穏やかな陽光と規則正しく響いてくる小籐次の鼾に誘われるように、小弥太もまた眠りに落ちた。

小弥太も徹夜して平塚宿外れから走ってきたのだ。若い体だが、箱根以来の心労が蓄積して疲労の極に達していた。

神奈川の台に規則正しい鼾が二つ響いて、時がゆるゆると過ぎていった。

どれほど刻限が過ぎたか。

黒崎小弥太は、膝の上に投げられた物の気配に慌てて目を覚ました。

(しまった)

小籐次のいた岩場を見回すと赤目小籐次の姿が消えていた。慌てて立ち上がりながら辺りを見回すと、小籐次が街道に戻るところだった。

ほっと安堵して剣を腰に戻そうとすると道中袴から小石が、

ぽとり

と足元に落ちた。

(まさか)

眠り込む小弥太に小石を投げて起こしたのは赤目小籐次か。なんということだ。そんなことはあるまいと己の考えを打ち消したが、辺りには人の気配はなかった。またいたところで仔細を知らぬ人間が小弥太に親切を施すいわれもない。

そのことは小籐次とて同じだが、と訝しく考えながらも尾行を再開した。

いつの間にか春の陽が傾きかけていた。

三宝寺の門前の坂を下り青木橋を渡ると長大な神奈川宿に入っていった。

『江戸名所図会』には神奈川宿の範囲を、

〈本宿（新町より西の町まで四町の惣名《そうみよう》なり）青木町等の名あり。（滝の町より下台までの間六町の惣名なり）又台より向う軽井沢と云う地まで、すべて神奈川駅と云えり〉

とあるように、小籐次らが眠り込んでいた神奈川の台の先から子安付近まで宿場だったことになる。

小籐次は、夕暮れ前の宿場へとゆったりした歩調で下り、その半町後を小弥太が追っていった。

三島宿三石《みついし》神社の時の鐘が五つ（午後八時）を告げたとき、松次郎は汗みどろ

になって、

「森肥後守宿」

と関札のかかる三島本陣へと駆け込んだ。

玄関番に就いていた近習組の若侍に、

「中老森五平治様にお目にかかりとうございます。小田原宿古田寿三郎様からの使いにございます」

と息も絶え絶えに言いかけた。

「待て、暫時待て」

若侍は立ち上がるついでに、

「だれぞこの者に水を与えよ」

と心遣いをみせて奥座敷に向かった。

松次郎は小田原宿から登り四里、箱根の関所から下り二里二十八町を昼の刻限から走り抜いてきたのだ。

松次郎が柄杓《ひしゃく》の水を飲むか飲まぬうちに森五平治が玄関先に走り出てきた。

「使いご苦労であった」

松次郎は背に負った道中嚢《ぶくろ》から油紙に包まれた書状を出して五平治に差し出し

た。

五平治は奥座敷で読むかどうか迷った末に、

「近習、行灯の明かりを近づけよ」

と命じた。

書状を読んだ後に使いに問い質すことがあるかと思ったからだ。

五平治は、封を披《ひら》いた。

〈森五平治様　行列発駕後に起こりし事、取り急ぎお知らせ申し上げ候。赤目小籐次なる狼藉者の追尾を命ぜし鈴木辰蔵、尾崎秀三郎二名の斬殺体、平塚宿外れの馬入川河原に放置されおり候。両名の者、赤目小籐次と遭遇し、斬り合いの末に倒されしものと推測し候……〉

「な、なんということが」

五平治は次から次へ降りかかる難題に思わず腰を落として、涙にくれようとして危うく踏み止まり、潤む目を書状に落とした。

〈二人の遺体が発見されし場所より下流の河口付近にて御鑓の穂先下の銀巻、一尺余が切り落とされて見つかり候。赤目小籐次が銀巻の部分を切り落として穂先のみを持ち去りし事明白也。二人の亡骸は新渡戸勘兵衛様を葬りし大久寺に引取

り、仮葬を終え候。さて、森様、重大なる事が判明致ししゆえ付記致し候……〉

五平治は何事ならんと息を一つ吐いた。

〈赤目小籐次の身許に候。讃岐丸亀藩の行列が箱根関所前で襲われし前日、湯本早雲寺境内より関所に向かう行列を地べたに平伏し、身を震わして見送りし赤目小籐次の姿が庭番などに目撃されおり候。その行列は豊後森藩久留島通嘉様の行列に御座候。森様、赤目小籐次が丸亀藩および当藩に遺恨を感じた背景にはなんぞ豊後森藩との確執が介在しておらぬや否や、この事に御座候。取り急ぎこの二点をお知らせ申すとともにそれがし自身が赤目小籐次を追跡、御鑓先を奪還すべく森様の返書受領次第、小田原宿を出立する考えに御座候。御指示を仰ぎたく書状認《したた》め候　古田寿三郎〉

森五平治はしばし本陣の玄関先で身じろぎもすることなく座っていた。

晩春から初夏に移ろう闇がさらに濃くなったようだ。

「ご中老」

と呼びかける玄関番の若侍に我に返った五平治は、使いの松次郎を見た。

「古田はそなたになんぞ申し付けたか」

「返書があるゆえ、その足で小田原宿まで持ち帰れと申されました」

古田が書状に記したと同じことを松次郎も答えた。

五平治は本陣の門前に下げられた提灯の明かりを見ていたが、

「まず殿にご相談申し上げる。文を書くのはその後になろう。今は夕餉を食して
しばらく休んでおれ」

と返答すると書状を持って森忠敬の寝所へと向かった。

廊下の足音に気付いた忠敬が、

「使いが参ったようだな」

と声をかけてきた。

「殿にお気を煩わせて恐縮至極にございます」

と座敷に入った五平治は、寝所の世話をする二人の小姓に、

「そのほうらしばらく中座せよ」

と命じた。

小姓が去り、五平治が忠敬を正視すると、

「寿三郎からだな。悪い知らせか」

と力なく尋ねた。

「悪い知らせに今ひとつはなんとも」

「申せ」

五平治はまず新たな家臣二人の死を告げた。

「なんとまた二人があの者の犠牲になったと申すか」

「いたわしきことにございます」

「無念なり」

忠敬が呟くのに五平治が赤目小籐次の出自を話した。

「なにっ、あやつは豊後森藩の家臣と申すか」

「いえ、そこまではっきりとはしておりませぬ。ですが、古田寿三郎は湯本の早雲寺境内で目撃された赤目小籐次の挙動からそう推測をつけたようにございます」

忠敬は答えなかった。

「殿、それがしも古田の考えに同感にございます。豊後森藩と申せば一万二千五百石の外様小名、藩主は久留島様にございます。城中では同じ詰之間にございますれば、なんぞお心当たりがございませぬか」

忠敬の背筋に悪寒が走った。

（まさか二月も前の城中の他愛もない雑談がこの事件の切っ掛けであろうか）

あの折、座に確かに丸亀藩の京極高朗どのもおられた。そして、肥前小城《おぎ》藩の鍋島直尭《なおたか》どのも、さらには豊後臼杵《うすき》藩の稲葉雍通《てるみち》どのもおられた。

だが、と忠敬は考え直した。

（あの折の、ちと険悪な四方山話がかような事態に発展するはずもない）

それによしんばあの話が切っ掛けで家臣三人の命が失われ、赤穂藩が苦衷に陥ったとしたら、なんの顔《かんばせ》あって家臣に話が出来ようか。

「五平治、よう考えたが久留島どののお顔すら浮かばぬ」

「となるとまた振り出しに戻りますな」

と応じた五平治は、

「殿、先行する丸亀藩の京極家に問い合わせいたしましょうか。われら二家は同じ危害を蒙った者同士にございますれば、京極様も親身に応対なされるかと思われます」

うーむと忠敬が考え込んだ。

「なんぞご不満にございますか」

「未だ赤目小籐次が豊後森藩の家臣と決まったわけではなかろう。この段階で他藩にうちの窮状を宣伝することもあるまい。それよりもあやつの素性を確かめることが先決ではないのか」

「いかにもさよう。となれば京極家のさらに前をいく久留島家の行列に問い合わせいたしますか。この場合も京極家と手を結ぶほうがうまくいこうかと思われますが」

森藩久留島家は一万二千五百石、赤穂の森家は二万石、お互い外様の小名で同格といってよい。だが、京極家となれば五万一千石の禄高、三百諸侯の中位だ。

久留島家でもそうそう無下《むげ》な答えはできなかった。

「待て。いくら豊後森藩が小名といえども家中に狼藉者がおらぬかと問い合わせたのでは角が立とう」

「殿、ならば放置せよと」

「そうは言わぬ。大名家同士の外交は留守居役を通して行うのが幕府の習わし、筋だ。この際、迂遠じゃが、豊後森藩の江戸屋敷に問い合わせるのがよかろう」

「時を無駄にしませぬか」

「五平治、森藩から剣突《けんつく》を食らわされてみよ。さらに事態は錯綜するぞ」

「殿のお考えももっとも至極、ならば古田寿三郎にさように申し付けまする」

五平治は行列からこれ以上の人員を割くことを避けて、小田原に残した古田寿三郎の配下の者に江戸屋敷への使いを託すことにした。

「そうせえ」

若い森忠敬の優柔不断がさらに事態を悪化させることになった。だが、この時、忠敬はほっと安堵し、

（いやいや城中の戯言《ざれごと》がかような事態を引き起こすこともあるまい）

と自らに都合のよい考えで己を納得させた。


三島本陣を松次郎が出たのは、夜半過ぎのことだ。

三島から箱根までの登坂を考え、明け六つの開門時に関所に到着するようにと計算してのことだった。

三島宿で夕餉を食し、一刻半ほど仮眠した松次郎は再び行列と別れて、暗い峠道を走り戻った。

松次郎はよたよたと小田原宿の旅籠の三宅屋に到着した。

昼前の刻限だ。

「よう、戻った」

古田寿三郎と下士の今村種三と平野初五郎が迎えた。

二人の下士に松次郎の世話を任せた古田は早速書状を開封した。

〈古田寿三郎殿、取り急ぎ殿のご返答と協議せし対策を指示致し候。殿には豊後森藩の久留島様との格別の関わり覚えなしと答えられ候。だが、その折の殿のお顔にはっとした驚きが走ったように見受け候。それがし、此度の一件、忠敬様思い当たる事あらじやと疑念を抱き候が、殿は存知寄りなしと重ねて申され候。その上で赤目小籐次なる者が真実、豊後森藩と関わりの者かどうかを知ることが先決、まず江戸屋敷の留守居役を通して問い合わせるべしとの御沙汰に御座候。古田寿三郎、そなたの配下の者を割きて江戸屋敷にこの事を申し付けるべく命じ候　森五平治〉

古田はしばし森の書状を持ったまま、沈思した。

藩主森忠敬の性格を考えてだ。

赤穂に入封して九代、塩に頼る藩財政は文化期に入り、益々苦しいものになっていた。

つい先年には最後の頼みの大坂塩問屋筋から、

「赤穂藩の塩俵傷み多く塩目さえず、桝目《ますめ》減じ、需要者よりの苦情多きため、他国塩に劣らぬ塩を生産されたい」

という苦情が再三寄せられていた。

藩政の腐敗は上は家臣から下は浜人まで悪影響を与え、

「はやり正月」

と称する惰業が流行していた。

国許に戻っても忠敬には楽しみはなかった。また最悪の藩財政を立て直すという気概も失っていた。

忠敬は御側衆の申し上げることを、

「しからばさように」

と聞いて、厳しい藩政に自ら触れようとは考えなかった。

この性格気性は長年の側近政治が作り上げてきたもので、若い忠敬だけに責めを負わせることは酷であったろう。

ともあれ、都合の悪いことは、

「見ぬ振り」

をし、

「聞かぬ振り」

をするのが藩主の務めになっていた。

縁戚でもある中老の森五平治が、

「此度の一件、忠敬様思い当たる事あらじや」

との疑いは当たっていると思った。

だが、藩主が自らの意思で口にせぬ以上、家臣としてはそれに従うしかない。

それが封建制の決まりごとだった。

古田寿三郎は下士の今村種三と平野初五郎、松次郎の三人を呼ぶと、

「われらこれより二手に分かれて江戸に向かう」

と行動を伝えた。

「種三、そなたはそれがしと森五平治様の書状を持参して、江戸屋敷に急行せよ。それがしを含めた残り三人は、道中赤目小籐次の行方を探索しつつ江戸へと向かうことになる。赤穂藩二万石の命運はわれら三人の探索にかかっておると申して過言ではない。心して行動致せ」

と命じた古田は、三人に旅籠の精算と旅仕度を指示した。

そうしておいて、古田は森五平治の文を補足する書状を書き上げ、今村種三に預けた。

四人が小田原宿の三宅屋を出たのは、昼下がり八つ（午後二時）の刻限だ。

馬入川の渡し場で舟を降りた一行から今村種三一人だけ江戸に先行することになった。

古田寿三郎ら三人は川役人の小屋を訪ね、過日の礼を述べると、御鑓先の銀巻部分を拾ったという漁師の家を聞いた。すると役人が、

「狼藉者の行方を追ってのことなら、河口に下るよりも茅ヶ崎の浜で聞かれることです。過日、鑓の柄を拾った漁師仲間が舟を盗まれておりましてねえ、その漁り舟が茅ヶ崎の浜に乗り捨てられていたのでございますよ。それも二艘だ、まずあやつがその一艘で河口を対岸に渡ったことは間違いござらぬ」

と請合った。

「助かった」

古田寿三郎らは川役人の、

「今頃になって狼藉者を追いかけるとは遅過ぎるではないか」

という顔に見送られて渡し場に戻った。

三

神奈川宿問屋場裏手の路地に、

「御刀・刃物研ぎ升《ます》」

の軒札を見つけた赤目小籐次は、御免、と声をかけて仕事場の戸口に立った。

まだ朝の間のことだ。

西に向かって腰高障子が嵌められた仕事場で老人と若い職人の二人が包丁を研いでいた。昔は何人もの職人を使っていたのだろう。仕事場は広かった。

「刀の研ぎもなさるか」

老人が戸口に立った小籐次を無言でしばらく見ていたが、

「何年も刀の研ぎを頼まれたこともねえ。包丁だの、鎌の野研ぎで細々と食いつないでいますのさ。どこか別の研ぎ師を訪ねてくんな」

と断った。

その返事は赤目小籐次がうらぶれた表口を見たときから察していた返答だった。

「そなたが亭主か」

「へえっ、亭主といった気の利いたものでもねえが、伍作ですよ」

「伍作どの、仕事場の隅を暫時貸してはもらえぬか」

老研ぎ師が無言で見続けた。

「亡くなった父に研ぎを教わった。徒士のたしなみじゃと叩き込まれたのだ」

「自分で研ぎなさるといわれるか」

「さよう。仕事場と道具の借り賃、二朱ほどなら払える」

「最初《はな》っからその気かえ。場所だけはあらあ、好きなようにしなせえ」

と空いた床机を差した。

赤目小籐次はもはや慣れた尾行者の戸惑う気配を感じながら、

「ならばお借り致す」

と指定された場所に上がりこむと背の包みを下ろし、大小を抜いた。さらに旅塵にまみれた羽織を脱いで、次直の下げ緒を外して襷《たすき》をかけた。

研ぎ桶には水が張られていたが、長いこと使われていない様子だ。

「井戸はござるか」

「横手の戸口から出てみねえ」

研ぎ桶を抱えて井戸端に行き、桶の古水で桶を洗い、真新しい水を張った。それを抱えて仕事場に戻った。

五尺そこそこの小籐次が水を張った桶を軽々と抱えてくる光景を若い職人が呆然と見ていた。

伍作親方はしばらく使わなかった砥石《といし》類を出して、床机の傍らに並べてくれた。それはすでに水に湿されていた。

「手数をかけるな」

小籐次は障子の前に、研ぎ師が座る床机より一番遠い場所に研ぎ桶を据えた。

自らが座る床机の前に踏まえ木を、その奥に下地研ぎの砥石を傾けて配置した。その奥に研ぎ桶が置かれていた。

小籐次は、丹念に砥石の角度と道具類の配置を調整した。

砥面にもっとも力が加わる姿勢が研ぎの第一歩だった。

小籐次は、何度も手を差し伸ばしては作業の動作を繰り返し、無理がないか確かめた。

研ぎは時間の掛かる仕事だ。そのために床机の傾き具合と道具の配置がなによりも大事だった。

伍作が小籐次の動作と手順を見て、満足そうに頷いた。

次に小籐次は砥石類を一つひとつ調べた。

砥石の滑面に不純物が混じっていれば、取り除く要があった。だが、どの砥石もその様子はない。

研ぎ桶の水でたっぷりと砥石に水を含ませた。

小籐次は、備中次直の銘を持つ刀の鞘を払った。

柄頭を眼前に置いて刀身全体を縦に眺めた後、目釘を抜いて柄を外した。

切羽、柄巻、小柄の傷み具合を続いて調べた。

次直で幾たびかの闘争に及んだ。

血が柄巻を腐らせていることもあるからだ。だが、戦いの後、丹念に手入れをしてきたのでその様子はなかった。

刀身だけが小籐次の手にあった。

二尺一寸三分の物打ちに小さな刃こぼれがあった。

小籐次は手拭を裂帛《さいで》代わりに刀身に巻きつけて、踏まえ木を右足で踏んで前傾姿勢をとると次直の下地研ぎを始めた。

最初に小籐次が下地研ぎに選んだのは、白色の伊予砥だ。

この伊予砥は粒子が粗く、刀身にざらざらとした研ぎ目を残す。

このざらついた研ぎ目を粗い目の名倉砥から細かい目の砥石に順次変えて研いでいくことで消し去るのだ。

最後に内曇《うちぐもり》研ぎをかけて下地研ぎが終った。

備中次直の刃紋の逆丁子《ちょうじ》が華やかに浮き上がった。

地鉄《じがね》は小板目である。

徒士分の赤目の家が持てるような刀ではない。亡き父から譲り受けたとき、

「先祖伝来の逸品、他人に見せるものではないぞ」

と厳しく注意された。

その昔、戦場往来の時代に落ち武者の腰から盗んだものか。

さらに、

「塗りの剝げた鞘はそのままにしておけ」

と刀身に見合った拵えに直して、次直を想像させるような真似は絶対にするなとも厳命された。

二刻、小籐次は休むことなく下地研ぎに没頭した。

額に汗が滲《にじ》んでいた。

刀身の研ぎ具合を翳して見る赤目小籐次に隣の床机から親方が、

「見事な研ぎっぷりにございますな」

と褒めた。

「父はわしが屋敷を放り出されたとき、刀研ぎでも食えるように教え込んだので

あろうがのう」

「昨今、刀の研ぎでは食えませんぜ」

「まったく」

伍作は仕上げ研ぎの道具類をすでに用意してくれていた。

刃艶《はづや》とよばれる小さな切片は、内曇砥のかけらを薄く平らにして片面に吉野紙を漆《うるし》で貼り付けたものだ。

この刃艶を次直の刃に親指の腹で押し当て、地刀の部分を丹念に丹念に白く仕上げていくのだ。

研ぎ汁を刀身に擦りつけるようにして刃艶で磨き終えると、地艶に移った。

これは「鳴竜」と呼ばれる砥石のかけらを薄くすって使うのだ。これを繰り返すことで次直の美しい小板目が現れ出てきた。

どうにか仕上げの工程が終ったとき、八つ半（午後三時）の刻限が過ぎていた。

だが、赤目小籐次には休む余裕もなく、明日に延ばすこともできなかった。

拭いの過程に移る赤目小籐次を職人主従が言葉もなく見詰めていた。

研ぎ師伍作の仕事場の外では、自ら差し料の研ぎをなす赤目小籐次の行動に、
黒崎小弥太が、

（あやつ、御鑓拝借を連続してやりのけたは深い仔細のあってのこと）

と改めて考えながら、刀研ぎが終るのを待っていた。そして、小弥太は赤目小籐次が新たな御鑓拝借を考えていることを察知していた。

（次に犠牲となるのはどこの藩の行列か）

小籐次の餌食《えじき》になる行列が増えることが丸亀藩にどのような影響を与えるか、もはや小弥太の想像を超えていた。だが、はっきりしていることはあった。

赤目小籐次が抱く遺恨の真相を知ることが、丸亀藩の危難を最小にすると思えた。

（そのためにはなにをなせばよいのか）

黒崎小弥太が剣で太刀打ちできる相手ではないことは、これまでの戦いを経験し、目撃してきたことで重々承知していた。

「御刀・刃物研ぎ升」

と軒にぶら下げられた木札を見ながら、

（なんぞ策はないか）

と思案し続けた。

半刻の後、一つの思案に達した小弥太は、急いで神奈川宿の通りに引き返し、問屋場で近くに酒屋はないか聞いた。

その策がうまくいくかどうか自信はない。だが、

(当たって砕けよ、行動の時だ)

と小弥太は決断した。

赤目小籐次は次なる工程に取り掛かっていた。

対馬《つしま》砥の細かい粒子を焼いて、丁子油で溶いたどす黒い粉汁を刀身の地の部分につけて、古びた木綿の切れで擦るようにして拭っていくのだ。

赤目小籐次の亡父は、

「この拭いが大事じゃぞ」

と手を抜くことを戒めた。

さらに小籐次が下目磨きにかかったとき、初夏の陽光も暮れなずんで力を失っていた。

だが、小籐次の手は休まることはなかった。

赤目小籐次が研ぎ師伍作の家を出たのはすでに五つ(午後八時)の刻限を過ぎていた。

休むことなく超人的な働きで一剣を研ぎ上げた赤目小籐次は、

「大事な道具類を使わせてもろうて二朱とは些少過ぎる。だが、持ち合わせがないのだ。親方どの、許してくれ」

と二朱を差し出しながら、詫びた。

「お侍、久し振りによい仕事ぶりを見せてもらいましたぜ。一人残った弟子にも勉強になりました。お礼なんぞはどうでもいい。それよりうちで飯を食っていきなせえ」

と夕餉の膳に招いてくれたのだ。

赤目小籐次は問屋場に出ると川崎宿へと向かって歩き出した。

神奈川から川崎宿まで二里半の道のりだ。

四つ（午後十時）の時鐘が鳴り響く川崎宿を通り抜けた小籐次は、宿場外れの六郷河原へと下っていった。

どこぞに一夜の宿りをする場所はないかと思ってのことだ。渡し場から少し下流に下ったところに屋根船が何艘か舫われていた。

赤目小籐次はその一艘に潜り込んだ。

四半刻後、屋根船に人の気配がして、

「赤目小籐次どのに願いの筋ありて面会をお許し願いたい」

という声がかかった。

船の中から返答はない。だが、黒崎小弥太の声が通じているのは気配で分かった。

「それがし、そなたによって御鑓を奪われた丸亀藩道中目付支配下黒崎小弥太と申す軽輩者にござる」

しばらく沈黙があった後、

「入れ」

との返事が聞こえた。

「失礼致す」

小弥太は腰の大小を帯から抜くと片手に持って船に入ってきた。もう一方の手には大徳利がぶらさげられていた。

赤目小籐次は馬入川から尾行してきた丸亀藩の若い下士を見た。

小弥太は船の入口に座して、頭を下げた。

微かに青い星灯りが船を周りから浮かび上がらせていた。

「赤目どの、誤解なきように申し上げる。それがし、当家の御鑓先をそなたから奪い取る力量はござらぬ。真鶴にてそなたと対戦し、二人の朋輩を失い申した。さらに過日、馬入川にて他藩の家臣二人をあっさりと倒された現場も目撃してござる」

小弥太は懐から茶碗を二つ出して、

「赤目どのを酒で買収しようなどという考えもございませぬ。それがしが偏《ひとえ》に飲みたいゆえにござる」

小弥太は大徳利から二つの茶碗に酒を注《つ》ぎ分けた。

「細工などしてはおらぬ。好きな方をお飲みあれ」

小籐次は若い侍の真意を図りかねて黙っていた。

「ならば私は頂く」

小弥太が茶碗の一つを取り上げて啜った。

「うまい。うもうございます」

と嘆息した小弥太が、

「飲まれぬか」

と問うと、

「用事があらば話せ」

と小籐次が催促した。

頷いた小弥太が思案に思案を重ねたことを話し出した。

「それがしが知りたきことはただ一条、そなた様がなぜ丸亀藩と赤穂藩の行列を襲われ、体面の御鑓先を奪われたかの一点にございます。はたまた明日にも新たな御鑓拝借を企てておられるご様子、そこには仔細がなければなりませぬ。もし、それがしにお聞かせあるならば軽輩者のそれがし、一命を賭して、そなた様の存念を叶えとうござる」

しばらく沈黙の後に赤目小籐次が聞いた。

「名はなんと申されたな」

「黒崎小弥太にござる」

「年は」

「二十一歳にございます」

赤目小籐次の手が茶碗に伸びて、

「頂戴しよう」

と言った。

ふうっ

という安堵の吐息が小弥太から洩れた。

小籐次は啜るように酒を嘗めた。

「それがし、先ごろまで一万二千五百石の豊後森藩、江戸下屋敷の徒士にござった。だが、ただ今は禄を離れて浪々の身にござる。この事をしかと頭においてくだされ」

「承知しました」

「一万石少々の小名とはいえ、三両一人扶持のそれがしが藩主久留島通嘉様と直にお話しする機会など滅多にござらぬ」

下士身分の黒崎小弥太は頷いた。

「じゃが、これまでに二度ほど殿様とご縁がござった。一度目はそれがしが酒に酔い喰らって失態をなした折のことでござる」

「酒で失敗《しくじ》られた」

小弥太は相手に親しみを覚えてそう言った。

小籐次がじろりと睨んで、それでも話を続けた。

「それがしが酒の味を覚えたのは三十二歳、父親の弔いの席で飲んだ酒が切っかけであった。以来、銭があると酒浸りになっておった。そんな折、下屋敷から上屋敷に使いに出され、返事を待って上屋敷の台所で長々と待たされたことがござった。まだ先代の頃のことであった」

使いに出されたのは昼前だ。夕刻になっても返事がもらえる様子はない。

気を利かせた女衆の一人が、

「肝心のご家老は他用で出ておられる。そなたに返書が渡されるのは夜分のことですよ。まあ、一杯飲んで間を繋いでおらっしゃれ」

と大徳利と茶碗を運んできた。

小籐次は徳利に手を掛けることを遠慮した。だが、四半刻ほど我慢した末にとうとう茶碗に一杯注いだ。

きゅっ

と喉を鳴らして酒が胃の腑に納まった。となると二杯目を注ぐのにそう間はかからなかった。半刻後には大徳利が空になっていた。

「そなたは大徳利を飲み干されたか」

女衆が驚きの声を上げたとき、

「使い、玄関先に参れ」

という声が響いた。

小籐次が急いで立ち上がると、

ぐらり

と腰がよろめいた。

「そなた、大丈夫か」

「何事でもない」

すきっ腹に酒を飲んだ小籐次は思いの外、酔っていた。それでも御用のことだ、急いで玄関先に回った。すると藩主通同《みちとも》の御駕籠が横付けになったところで、そのかたわらにいた江戸家老磯村主馬《しゅめ》が、

「そのほうが下屋敷の使いか。委細承知したと用人に伝えよ」

と告げた。

家臣たちの間で密かに鉄瓶と呼ばれる磯村は癇症な気性として知られていた。

「委細承知したと復命致さばよろしいのでございますな」

さようと応じた江戸家老が、

うーむ

という顔を小籐次に向け、

「おのれ、使いに来て酒を酔い喰らっておるな！」

と怒声を上げた。

「藩一丸となって節約に努めておるときに下郎の分際で盗み酒をしおったか、許せぬ。そこに直れ、成敗してくれん！」

磯村主馬が脇差を抜き、小籐次は玄関先の玉砂利に這い蹲《つくば》った。

「だれぞ、こやつの両腕をとれ、素《そ》っ首を打ち落とす！」

磯村が激したとき、止められるのは主君だけだ。

「主馬、待ちくたびれてつい一口飲んだのであろう。許して遣わせ」

御駕籠から降りた通同が、激昂する磯村主馬を宥《なだ》めるように命じた。

「おのれ、命冥加な下郎が、立ち去れ！」

通同の一言で命を救われた小籐次は這々《ほうほう》の体でその場を下がった。

「……それが十六、七年も前のことだ」

小弥太は身に詰まされて話を聞いていた。

「二度目は通同様のお子、当代の通嘉様とのご縁じゃ。二月も前、偶然にも通嘉様と二人だけで時を過ごす羽目に陥ったのだ……」

この正月も下旬に近い昼下がり、突然、芝元札之辻《ふだのつじ》の上屋敷から白金村の下屋敷に藩主の一行が馬で立ち寄った。

下屋敷には通嘉の立ち寄りなど知らされていなかった。そこで随行の者が先行して知らせが届いた。

赤目小籐次は厩でその話を聞かされ、藩主の愛馬紅姫を繋ぐ厩の整理に取り掛かった。必死で働く小籐次のところに数頭の馬が引かれてきて、その世話に追われた。

随行の者の馬だった。

だが、未だ通嘉の乗った馬は姿を見せなかった。

小籐次は殿の愛馬紅姫をお玄関先に迎えにいこうと厩から庭を抜けようとした。

そのとき、紅姫に乗った久留島通嘉が独り庭の裏門から外へと走り出たのに目を止めた。

随行の方々はすでに先行されているのか。

小籐次は裏門の外に駆け出て、藩主の一行を見届けようとした。

なんと単騎で通嘉は今里村の方へと走り出ていた。

赤目小籐次は咄嗟《とっさ》に決断した。もはや随行の方々に知らせる暇はない。

厩の作業衣の腰に脇差を手挟《たばさ》んだ姿で小籐次は藩主の馬を追って走り出した。

増上寺の下屋敷裏手の野道を西へと疾走する馬に小籐次は必死で食らいついた。

普段の稽古があってこその走力だった。

通嘉は各大名家の下屋敷を避けるように野道や畑を抜けて、上大崎村から大崎橋で目黒川を渡り、下大崎村に入り、さらに速度を上げた。

なにか憤怒の情が突き動かしているような走り振りだ。

赤目小籐次はついに通嘉と紅姫の姿を見失った。それでも姿が消えた道を走り続けた。

視界から消えて四半刻も過ぎたか、桐ヶ谷村の小高い丘の雑木林の中で馬の嘶《いなな》きを聞いた。

紅姫だ。

小籐次は安堵の思いで足を緩めると林の中に入っていった。すると紅姫が繋がれもせずに息を弾ませていた。

「どうどうどう」

小籐次はそう言いながら手綱を取ると汗をびっしょりとかいた紅姫の首筋を叩いて、自分の首筋に巻いていた手拭で汗を拭った。

そうしながら藩主の姿を探し求めた。

久留島通嘉が桐ヶ谷村から戸越《とごし》村を見下ろせる斜面に座して、なにごとか呟きながら忍び泣いていた。

風が変わったか、通嘉の言葉が赤目小籐次の耳に届いた。

「……通嘉も一国の主なれば居城がほしいのう」

なんという言葉か。

一万二千五百石の森藩は城を造ることを許されなかった外様小名だ。

関ヶ原で西軍に与した久留島長親《ながちか》は、福島正則の口利きでようやく藩を保つことができた。だが、来島水軍の末裔《まつえい》は、

「海を捨て山に領地替え」

になった上に、

「陣屋」

しか許されなかった。

小籐次は、紅姫が落ち着くのを待って手綱を立ち木に繋いだ。

その気配に通嘉が振り向いた。

「下屋敷の赤目小籐次にございます」

「赤目とな、厩番であったな」

通嘉は赤目家のことを覚えていた。

その藩主の頬に涙の跡がくっきりと残っていた。

「そなた、最前からそこにおったか」

「はっ」

「泣き言を聞いたか」

「恐れながら」

通嘉が息を吞んだ。しばし沈黙の後、思わぬことを口にした。

「小籐次、本日、城中で辱《はずかし》めを受けた」

「なんと申されましたな」

「詰之間でご同席の方々が、豊後森には御城もござらぬかと嘲笑《ちょうしょう》なされた。哀しいのう、城なき大名は」

赤目小籐次は返す言葉もなかった。

「大名家に生まれて城なきは大名に非《あら》ずとも罵《ののし》られたぞ。城中に詰める資格なしとものう」

（おのれ！）

と小籐次は怒りを覚えた。

豊後森藩は城なくとも立派な大名、先祖伝来の一藩だ。

「豊後森藩を嘲笑愚弄《ぐろう》なされたお方とはどなたにございますな」

「小籐次、それを知ってなんとする」

「武家には武家の意地がございますぞ」

「当家は一万二千五百石ぞ。同じ詰之間とは申せ、家格が上の四家を相手にどうしようというのか」

「殿が体面を汚された以上、家来が仇《あだ》をなすは当然のことにございます。四家とはどちら様にございますな」

「他人に洩らすでないぞ」

軽輩者が同情の態度を見せたと通嘉が四大名の名を口にした。が、四つの大名家の名を口にすることで通嘉の憤怒の心が鎮まったか、

「小籐次、もうよい。余が我慢すればよいことじゃ」

と立ち上がった。

通嘉が乗った紅姫の手綱を赤目小籐次が引いて下屋敷に戻ったとき、屋敷じゅうが大騒ぎになっていた。

急速に騒ぎは鎮まった。

そして、藩主久留島通嘉と徒士赤目小籐次の会話は二人だけの胸の内に刻まれ

て、だれにも伝えられることはなかった。

「赤目様、久留島通嘉様を嘲笑なされた一人に京極高朗様がおられたのでございますか」

呆然として聞く黒崎小弥太に小籐次が頷いた。

「なんということで。城中の話が此度の騒ぎの因《もと》にございますか」

「武家は体面こそが第一。それを汚されて黙っておっては、豊後森藩は立ち行き申さぬ」

禄を離れたという赤目小籐次が豊後森藩の体面にこだわった。

「それで行列の御鑓先を切り落とされましたのか」

「それがし、通同様に一命を拾われた身だ。そのお子が城中で辱めを受けたのだ。今度は命を貰ったそれがしが命を捨てる番である」

しばし問い返す言葉を失った小弥太が、

「赤目どの、丸亀藩の御鑓先、どうなされるつもりですな」

「江戸に持ち帰り、日本橋高札場《こうさつば》に晒《さら》す」

「そ、それはなりませぬ。丸亀藩の体面は丸潰れ、公儀も動かれましょう。そうなると豊後森藩にも災いが降りかかりましょうぞ」

「それがしはすでに豊後森藩の禄を離れておる」

小籐次は矛盾したことを言い募った。

「とは申せ、旧主様との話から生まれた遺恨騒ぎ、久留島通嘉様に必ずや災難が降りかかります」

「だが、その前に四家が改易になるわ」

「お、お待ち下され。通嘉様の体面を丸亀藩が償えば、御鑓先江戸日本橋にての晒し、お許し下さるか」

黒崎小弥太の必死の問いに小籐次が考えた。

「そなた、わしと同様の下士であろう。軽輩者がどうする気か」

「それを赤目様、お教え下され」

「戯けが！　武士が面目を潰されたのじゃぞ、償いは一つ」

「殿に腹を召せと」

「黒崎、切腹する気概を持った大名などおらぬわ」

「ならばどうしろと」

「本夜の会話、そなたの主に伝えよ。京極高朗様のご返答を聞いて御鑓先を江戸日本橋に晒すかどうか決めようか」

しばしの沈黙の後、小弥太が、

「畏まってござる。以後、赤目様へのつなぎはいかに致しますか」

「柳橋の万八楼なる茶屋がある。番頭の波蔵にわしへの伝言を残せ。万八楼にはそなただけが来よ。相分かったな」

残った茶碗酒をぐいっと飲んだ赤目小籐次が、

「去《い》ね、眠る刻限だ」

と話が終ったことを小弥太に告げた。

四

参勤下番の行列発駕の前夜、豊後臼杵藩では箱根の関所前で丸亀藩、酒匂川河原で赤穂藩が見舞われた奇禍を承知していた。

行列に先立ち、先遣隊を出すのが臼杵藩の習わしだが、この先遣隊が街道に流れる風聞に基づき、探索をした情報を次々に桜田久保町江戸藩邸に送ってきた。

家老の村瀬次太夫は、次々にもたらされる情報と丸亀藩と赤穂藩の名を聞き、

（まさかあのことが……）

と思い当たるところがあった。

村瀬は此度の参勤に同行して国許に帰ることになっていた。

参勤随伴の、侍中（上士）、小侍（中下士）、足軽以下（士外）の家臣団二百三十余人の総元締である。

そこで出立前夜に道中奉行は番頭、副組、鑓奉行、鉄砲頭、組中、小頭・足軽の家中先手六組の元締を呼んだ。これらが行列の中核をなす士分の頭だ。道中奉行を兼務する大目付を加えて行列七人衆とも呼ばれた。

実際に行列を差配するのは道中奉行の大目付平内源左衛門だ。

「明朝の発駕を前にそこもとらを呼んだは、ちと気がかりがあってのことじゃ。そなたらも丸亀藩、赤穂藩の行列が狼藉者に襲われ、御鑓先が強奪されたという風聞を耳にしたであろう。先遣隊からも情報が寄せられ、真実の出来事と判明した」

「なんと」

「さようなことが起ころうとは」

などという驚きの声が数人の口から洩れた。

「それも初老の武者が一人でやってのけたことである」

「他藩のこととは申せ、あまりにも腑甲斐なきことにございますな」

副組元締の佐々市松が感想を洩らすのを村瀬がじろりと見て、

「他山の石だ。われらは二藩の奇禍に鑑《かんが》みて、常にも増しての警戒で行列を進発させねばならぬ」

「ご家老、当家の行列に狼藉者が襲いくると申されるのでございますか」

鉄砲頭元締の竹村勇三郎が尋ねた。

「二つ続けて起こったことじゃ。三つ目がないとは言いきれまい。それにそやつ、箱根、酒匂川の騒ぎの後、江戸に向かったという情報がある」

「もしも当家の行列に襲い来たらば武家の習わしに従い、斬り捨てるまでにござる。ご家老、われらは丸亀藩、赤穂藩の轍《てつ》は踏みませぬ」

組中元締の白石慈平が握り拳をもう一方の手で叩いた。

「白石、大言はそやつが現れた後に叩け」

村瀬が一喝した。

その舌鋒の鋭さを聞いた番頭元締の小日向秦右衛門が、

「ご家老には気がかりがございますので」

と聞いた。

小日向は藩武術の直心流の師範だ。

「ない」

と言下に村瀬は否定すると、

「われらがいく街道を狼藉者がうろついておるなれば、万全の備えで警護しつつ国表に向かうのがわれら家臣の務めである。各々方は、行列の中核の元締である。それぞれの組中に遺漏なきよう、万が一、そやつが襲い来たりしとき、狼狽することなどなきよう改めて配下を引き締められよ」

「はっ」

と村瀬次太夫の命に七人衆が畏まった。

「なおご朱引《しゆびき》外に出てより箱根関まで刀の柄袋は外しての行列とする」

村瀬の命に七人衆の顔が緊張の度を増した。

鑓奉行の多度津政兵衛がなにか言いかけたのを村瀬が手で制して、

「出立の刻限も迫っておる。それぞれの組内に戻り、今申したことを徹底させよ」

と解散を命じた。

道中奉行を兼ねた大目付の平内源左衛門だけが会釈しただけで座を立たなかった。それを見た村瀬が、

「多度津、そなたも残れ」

とその場に二人を残した。

七人衆の中でも二人が家柄、人格、識見、武芸の力量ともに抜きん出ていた。

座が三人になった。

村瀬は気を鎮めるように供されていた茶碗を引き寄せ、冷えた茶を口にした。

「ご家老、ご懸念がおありのようだ」

大目付の平内が訊いた。

「道中奉行としてお聞かせ頂くことあらば、ぜひお打ち明け願いとうござる」

平内は藩に伝わる種田流槍術の達人だ。

「丸亀藩、赤穂藩は城中の詰之間が一緒である。丸亀の京極家とは上屋敷が向き合う仲、殿と高朗様とは格別親しい間柄でもある」

「それだけでわが藩の行列が襲われるいわれもございますまい」

平内がさらに質した。

村瀬の顔が苦渋に歪《ゆが》み、しばらく沈思した。

「よし、そこもと二人には聞かせおく」

平内と多度津が姿勢を正した。

「此度の事件を聞いて、二月も前に城中で起こった出来事を思い出した。正月二十八日の定例登城日の昼のことだ。柳之間詰めの五大名が詰之間を下がり、坊主の部屋にて昼餉を食することになったそうだ。たまたま同席なされたのが京極様、赤穂藩の森忠敬様、肥前小城藩の鍋島直尭《なおたか》様とわが殿の四方に豊後森藩の久留島様であったそうな」

平内と多度津は思いもかけない話に訝しい表情を浮かべた。が、黙って家老の言葉を拝聴した。

「些細な間違いが起こった切っかけは、わが家紋と久留島様の家紋が似ておることだ。うちは角折敷に三文字、久留島家も折敷に縮み三文字、小姓か坊主が弁当を取り違えたことから、そこにおられただれぞが、稲葉どのと久留島どのは伊予河野の末流で、出は一緒でござったなと聞かれたとか。すると殿が出自は一緒にござるが、うちは関ヶ原の合戦で家康様に与し申した。だが、久留島家の先祖は西軍でな、福島正則様の取り成しにてようよう安堵なされた藩とは違うとはき捨てられたとか。その上、久留島家は海を捨て、山に行かされておる。森藩には城もござらぬよと付け加えられたとか」

豊後国内で伊予の水軍の出、血が似通っていればいるほど愛憎の情が濃くなる。一座の最年長、四十二歳の稲葉雍通《てるみち》は些細な間違いに過度に立腹した。ちなみに同席した久留島通嘉は三十三歳、赤穂藩主森忠敬は二十四歳、丸亀藩主の京極高朗は二十歳、今ひとりの小城藩主鍋島直尭は十八歳と若かった。同族の四十二歳と分別盛りの稲葉が中心になって、三十三歳の久留島を愚弄した。

「なんということを」

平内の顔が引き攣《つ》った。

「昼飯前で殿は腹が空いておられたこともあるやも知れぬ。京極様、森様、鍋島様が加わり、城なき森藩のことをひと頻《しき》り論《あげつら》われて話題になされたそうな。その間、久留島通嘉様はぶるぶると身を震わせておられたとか」

平内も多度津も村瀬の緊張がようやく理解できた。

「この話、その場に控えていた小姓から聞いて、口止めした。また世話をした坊主にも賂《まいない》を贈って口を封じた。だれぞが弁当を取り違えた怒りから城があるなしと子供のような自慢話をなし、久留島様を辱めた」

「ご家老、この一件が此度の御鑓強奪の原因と申されますか」

多度津が念を押した。

「丸亀藩、赤穂藩の奇禍を知らされたとき、そのことが頭に浮かんだ。考えれば考えるほど城中の事件が原因と思えるのだ。狼藉者は行列を襲って御鑓拝借と叫んだそうな。また、二つの事件ともに遺恨は京極様、森様に聞けと申したという」

「ご家老、まず間違いございませぬ」

平内が村瀬の危惧を知り、賛同した。

「五大名が関わる大騒ぎの真相を幕府が知ってみよ、まず五家ともに悪く致さば御家断絶、藩改易は免れぬところだ。赤穂浅野家の二の舞ぞ」

「なんということか……」

多度津が呻いた。

「丸亀藩、赤穂藩はすでにそやつに襲われた。うちは明朝に出立する。小城藩は三日後と聞いておる。そやつが第三、第四の襲撃をなすと考えねばならぬ」

重い吐息が二人から洩れた。

「初老の武者は豊後森藩の家臣にございますかな」

「そう考えれば納得いくではないか」

多度津が訊き、村瀬が答えた。

「ご家老の懸念、すべて当たっているように思えます」

平内が言い、訊いた。

「この狼藉者の行動を久留島通嘉様は、豊後森藩ではご存じにございましょうかな」

「調べたところ、森藩では丸亀藩に先立ち、国表に旅立っておられる。まず通嘉様も藩も承知はしていまい」

「狼藉者一人の考えと」

「そう考える。が、どうしてこの下士が城中の出来事を承知していたかである。辱めを受けた通嘉様が軽々に口にはされまい。まして下士風情にはな」

「ご家老、もはやその穿鑿《せんさく》の時間もございませぬ。われらはその者が行列を襲うと考えて、準備をしたほうがようございます」

「平内、先ほどそなたら七役を集めた理由《ことわり》だ」

「ご家老、この話を知らされぬ佐々様方はごくごくとおり一遍の注意として受け止めたはずにございます」

今度は村瀬が溜め息を吐いた。

「多度津、御鑓奉行として白摘毛、栗色革の二本御鑓を奪われてはならぬ。また行列が慌て騒ぐような醜態を道中で晒してもならぬ」

「丸亀藩、赤穂藩が御鑓を強奪されたのは不意を衝かれたことに尽きましょう。だが、この者の腕もなかなかと見ねばなりますまい」

「そこだ、平内。どのような手立てを講じるな」

「一人なれば一気に押し包んで殺すまで」

多度津が覚悟を決めたように言った。

「そやつがどこで行列を襲うかじゃ」

「ご家老、経緯から申してその者が事を仕掛けるのは人多き場所にございます。初日なれば、品川宿か、六郷の渡し」

「まずそんなところかのう」

平内の答えに村瀬が頷いた。

「品川宿であろうと六郷の渡し場であろうと、こやつの言葉を片言隻句《へんげんせきく》たりとも通行人などに聞かせてはならぬ。一息に押し殺すことじゃぞ」

「ご家老、この一件、番頭元締小日向秦右衛門の協力がいろうかと思います。話してようございますか」

　小日向は藩剣術直心流の剣の達人だ。

　平内の許しの求めに、

「小日向なればよかろう。だが、これ以上、この話を広めてはならぬ。臼杵藩ならびに稲葉家の体面に関わることじゃぞ」

　はっ、と二人の重臣が畏まった。が、直ぐに平内が、

「今ひとつ」

　と言い出した。

「なにか」

「この一件、殿に申し上げられますか」

「言わぬ、いや、言えぬ。この狼藉者の口を封じるのが先決である」

　平内と多度津が畏まって、二人は早々に村瀬次太夫の御用部屋から退室した。

　参勤発駕はすでに三刻半後に迫っていた。

　この夜半、黒崎小弥太は愛宕《あたご》下の丸亀藩江戸屋敷に駆け込んだ。六郷の渡し場で盗んだ舟で川を渡り、江戸まで走り戻ってきたのだ。

行列が奇禍に遭ったことは急使によって江戸藩邸にも知らされていた。

小弥太自身も行列の使いとして江戸藩邸に戻る道中、書状を飛脚に託して、赤目小籐次の追跡に携わった人物であった。

その経緯は小弥太の書いた書状で江戸家老の多門治典に知らされていた。そこで眠りに就いていた多門と留守居役の花山大膳がすぐに小弥太と面会した。

「狼藉者を見逃したか」

眠りを起こされた多門が不機嫌な顔で詰問した。

「いえ」

「ならば住処《すみか》を突き止めたのじゃな」

「そうではございませぬ」

若い下士の顔は紅潮していたが、妙に落ち着いていた。

「早々に仔細を述べぬか」

「申し上げます。当家と赤穂藩の行列を襲いし者は、豊後森藩の旧徒士赤目小籐次にございます」

「なぜ承知しておる」

「直に話をしましたゆえに」

「なにっ！　戯けが。行列に迷惑をかけ、家臣を何人も殺傷した人物と話をすることなど、そのほうにだれが許したか！」

多門の怒声が響き渡った。

「それがしの一存にございます」

小弥太の言葉は冷めていた。

「ご家老、こやつの穿鑿よりもまず話を」

と留守居役が江戸家老を宥めた。

「続けよ」

吐き捨てるように多門が命じた。

「それがし、赤目小籐次を尾行しているうちに騒ぎの真相を問い質すことが丸亀藩に大事なことと考えるようになりましてございます。そこで数刻前、六郷の渡し場で赤目に面会し、問い質したのでございます」

「してその結果はいかがと」

と言いかけた多門が、

「豊後森藩の石高はどうであったかのう」

と花山に聞いた。

「一万二千五百石の外様小名にございます」

留守居役がすらすらと答えた。

藩の外交官たる留守居役は同じ詰之間同士の寄合組合を作って交流があった。

「黒崎、話を進めよ」

「赤目小籐次が二藩を襲いし理由は、正月二十八日の定例登城日の出来事に起因致しまする」

「なにっ、城中の出来事が原因とな」

多門も花山もぞくりとした悪寒が背筋に走った。

「ご昼食《ちゅうじき》のとき、赤穂藩の森様、肥前小城藩の鍋島様、豊後森藩の久留島様、豊後臼杵藩の稲葉様、さらにわが殿の五方が偶然にも同席なされたとか……」

話を聞かされた二人の重臣の顔が蒼白になり、ついには言葉を失った。

「……さような他愛もないことが大騒ぎの原因か」

多門が呻くように言った。

「ご家老、豊後森藩側から見れば、藩主が辱めを受けたと捉えましょうな」

花山はこれは武人の出る幕ではない、留守居役が動く事件だと思った。そして、どうこの難事件を解決したものかと考えながら聞いた。

「久留島通嘉どのは面目を潰されたと思われたか」

「いかにも」

「ならば、久留島どのを直に辱めた稲葉雍通どのの行列を襲えばよいではないか」

「一刻半後には臼杵藩の行列が江戸を出立なされます。おそらく今日じゅうに赤目小籐次は新たに御鑓奪取を図るものと思われます」

「な、なんと」

多門が驚きのあまり絶句し、前屈みに小さく肩を落とした。

「黒崎、話を続けよ。赤目小籐次と申す者、そなたになんぞこの騒ぎの収拾を告げたか」

花山が多門に代わって問うた。

「奪い取りし御鑓先、日本橋高札場に晒すと答えました」

「なんじゃと!」

多門の体が座ったままで飛びあがったように見えた、上体を愕然と起こしたためだ。

「そのような羽目に落ちてみよ、丸亀藩の御取り潰しは確かのこと」

「さよう」

と花山が応じると、

「赤目小籐次は御鑓返却の条件を申し出たか」

と小弥太に聞いた。

「本夜の会話、そなたの主に伝えよ。京極高朗様のご返答を聞いて、御鑓先を江戸日本橋の高札場に晒すかどうか決めようかと申されました」

「殿にこの話を取り次げとな。そのようなことができるか」

多門が一蹴した。

花山は沈思した後、

「ご家老、この勝負、ただ今のところ主導するのは赤目小籐次と申す下士にございますよ。われらは方策を選ぶ側にはございませぬ」

「花山、そなたは留守居役ではないか。豊後森藩一万余石の留守居役に面会して、早々に赤目小籐次の始末をせよと命じよ」

多門の命を聞いた花山が小弥太に聞いた。

「そのほう、先ほど赤目小籐次が元森藩の徒士と申したな」

「はい。赤目は一連の騒ぎを起こすと決心したとき、禄を離れたものとみられます」

「ご家老、この下士、なかなかのやり手にございますぞ。まず豊後森藩に掛け合っても重臣方がおろおろするばかりで、わが丸亀藩のお役には立ちますまい」

「ならばどうする」

「ご家老、丸亀藩五万一千石が生きるか死ぬかの瀬戸際にございますれば、高朗様に久留島通嘉様に宛てた詫び状を書いて頂くしか手はありますまい。それも他の四家に先駆けて、赤目小籐次に渡すことが肝心かと思えます」

「本日、臼杵藩が赤目小籐次を斬り殺したとせよ。丸亀藩だけが恥の上塗りではないか」

「ならば他藩の始末の結果を見てのこととなさいますか」

多門は答えなかった。いや、どう答えていいか分らなかった。

「この赤目小籐次、曲者《くせもの》にございます。一筋縄では行きますまい。必ずや臼杵藩と小城藩の御鑓を強奪するものと思えます。ともあれ、臼杵に功名を上げられれば、丸亀藩の面目丸潰れにございます」

「そなたの話は赤目が勝つといい、また臼杵が功名を上げるという。矛盾しておるわ。これでは策の立てようがない、まるで雪隠《せっちん》詰めではないか」

「まず高朗様の詫び状を用意しておく。その上で臼杵と小城の結果次第では握り潰してもよいのです」

時間を稼げと花山は言っていた。

多門が長いこと、沈黙して考えた末に、

「早々に行列に急使を立てねばならぬな」

と弱々しく呟いた。

「黒崎、そなたが赤目小籐次と連絡をとる方法はいかに」

花山が聞いた。

「柳橋の万八楼と申す茶屋の番頭に文を言付けよ。その使いはそれがしがせよと申されました」

「なんと万八楼とな！」

その返答を聞いた花山大膳が驚きの声を発した。

「どうした、花山」

すでに高朗に宛てた手紙をどう書き出そうかと思案していた多門が聞いた。

「赤目小籐次という名を聞いたときから聞き覚えがあると思うておりました。先に万八楼にて大酒の会がございましてな、三升入りの大杯で五杯呑み干し、一席に入った人物が赤目小籐次にございますよ」

多門が目を丸くし、花山はあの人物ならさもあらんと納得していた。

第四章 川崎宿暴れ馬

一

豊後臼杵藩は立藩から五十余年ほどで新田開発などが頂点に達し、五万石余の朱印高に加えて、一万一千石の実収が加えられた。

寛文年度（一六六一～七三）のことだ。

だが、享保十七年（一七三二）の西国大飢饉《だいききん》で四万余石の減収を見、五年後の元文二年（一七三七）には六割を超える被害を蒙り、領民が減租を要求する、

「元文騒動」

を引き起こした。

年貢の未納、手余り地の拡がり、他所稼ぎと農村の荒廃が進行して、さらに藩

財政は悪化した。

文化に入り、中西右兵衛が主導して、

「文化の新法」

を布告、城下の商人、村役人らと結託して百姓からの徹底的な収奪に走った。

この強引な策により、文化八年（一八一一）の豊後岡藩の農民蜂起にからむ、

「文化一揆《いっき》」

が臼杵領内でも起こった。翌九年には一揆の首謀者ら三十余人が召し捕られ、処刑が行われた。

血腥《ちなまぐさ》い紛争の後、藩では二十数万両の借財に苦しんでいた。

そんな折だ。

参勤下番の行列も簡素にしたかった。だが、この朝、新シ橋近くの屋敷を出立する行列は、いつもの年にも増して人数が多い上に、だれもが、
ぎらぎら
とまるで戦場に向かう兵卒の顔付きであった。

門を出た稲葉家の行列は、芝口一丁目で東海道に出ると、まだ薄暗い街道をさくさくと足並みを揃え、品川宿へ向かった。金杉橋を経て、品川大木戸を通過し

たのが、明け六つ（午前六時）の刻限だ。

すでに夜は明け初《そ》めて、海上に日輪があった。

だが、臼杵藩二百七十余人の行列は戦闘態勢を保持したまま、品川宿へと入っていった。

行列の先頭のお先三品の鑓、鉄砲、弓部隊が険しい表情で武器を構え、道中奉行直属の先触れが通行人に、

「寄れ寄れ！」

と厳しい声で道を開けさせた。

「なんでえ、横柄な行列じゃねえか」

「いってえ、どこの家中だえ」

と道を開けさせられた往来の男たちがぼやいた。

幕府開闢から二百年余、江戸っ子は御三家、老中の行列でもない限り、驚かない。が、その朝の臼杵藩一行には殺気立ったものが漂い、慌てて道端に避《よ》けた。

豊後臼杵藩の御駕籠先に、白摘毛と栗色革の鞘の嵌った二本の御鑓が、副組元締の佐々市松らに警護されて進んでいく。

緊張のうちに無事品川宿を通過して、朱引地の外に出た。

稲葉雍通の御駕籠の周りには直心流師範の小日向秦右衛門が指揮する番頭支配下の侍たちが目をぎらつかせて従っていた。

八つ山越えに差し掛かり、騎乗の家老村瀬次太夫に道中奉行の平内源左衛門が近付き、

「まずは最初の難所を抜けましたな」

と囁きかけた。

馬上から往来を見渡した村瀬が、

「次はやはり六郷の渡し場か」

「まずその可能性が高うございますな」

「ならばこのまま気を散らさずに行列を進めよ」

「はっ」

と畏まった平内は、行列の要所要所で目を光らす元締に改めて声をかけて歩いた。

大森、八幡《やわた》、沢田、蒲田と抜けて雑色《ぞうしき》村に入れば、六郷川の土手が見えた。

むろん臼杵藩の先遣組が渡し場のあちらこちらに散開して警戒に当たり、稲葉家の川渡しを待っていた。

「おおっ、見えられたぞ！」

御鑓や赤なめしの覆いに包まれた立傘が六郷土手に姿を見せて、ぴりぴりとした隊列のままに河原に下り、用意された渡し舟に次々に乗り込んでいく。

「源左衛門、赤目小籐次の現れる気配がないではないか」

馬を下りた村瀬が少し緊張を解いた様子で言葉をかけた。

「まず乗船よりも下船時、行列が乱れて隊伍を整え直す刻限が危のうございます」

道中奉行の平内は先乗り組が渡河して、上陸地の警戒に就いたのを見た。

緊張のうちに稲葉雍通の御駕籠が、続いて御鑓、立傘、先挟箱が渡った。

その時点で平内も渡河して赤目小籐次の襲撃に備えた。

豊後臼杵藩二百七十余人すべてが渡り終えたとき、昼の刻限を回っていた。

「あとは川崎宿か」

平内は独りごちた。

〈此宿の入口左右に奈良茶見世あり。いずれも美々しき家にて、旅客の多くは此処にて酒肴《しゅこう》など食べつつ、足を休めたり〉

と古き旅案内にあるように茶飯、豆腐汁、煮染《にしめ》、煮豆を膳に整えて出す奈良茶

（飯）が川崎宿の名物だった。

この川崎宿で昼食《ちゆうじき》を摂る予定だ。

だが、臼杵藩の一行に奈良茶を楽しむ余裕はない。

稲葉雍通の御駕籠が無事、田中本陣に入ったのを見届けた平内源左衛門は、

（もしおれが赤目小籐次なればどこで襲うか）

と考え続けていた。

今宵の宿は、江戸日本橋から七里の神奈川宿の予定だ。となると神奈川宿が見えて、行列がほっと安堵した機を捉えるのが一番かと考えた。

平内は先遣組を呼ぶと厳重に注意を与え、十余人の配下とともに先行させた。

本陣の敷地内をぐるりと見て回った後に立ったまま、塩むすびを二つほど頬張った。

いつもの行列なれば、六郷の渡しに到着した時点で供揃えの二割ほどを江戸に戻す。だが、平内はこの体制のままに箱根の関所越えをする心算だった。

その刻限、播州赤穂藩の古田寿三郎、平野初五郎、小者の松次郎が赤目小籐次の行方を求めて、神奈川宿から川崎宿へと差し掛かっていた。

馬入川河口の漁師が盗まれた漁り舟は茅ヶ崎の浜に乗り捨てられてあったと教えられ、古田たちは茅ヶ崎から小籐次の足取りを追うことを始めた。

根気のいる聞き込みだった。

江戸に向かう街道の宿場の旅籠には小籐次が泊まった様子はなかった。だが、一膳飯屋で矮軀の武者が見かけられていた。

赤目小籐次は旅籠銭を節約しようとしてか、野宿をしながら江戸を目指しているようだった。

「古田様、そろそろ川崎宿にございます。江戸に入る前になんとしても捉えたいものにございますな」

下士の平野がうんざりとした声を上げた。

古田はそのとき、赤目小籐次が

「御鑓拝借」

の御鑓をなにに使う心算か考えていた。

田中本陣の前では豊後臼杵藩の行列が再び組み直され、本陣の亭主らに見送られて出立しようとしていた。

道中奉行の平内源左衛門は、昼餉を摂った家臣や足軽たちの顔から朝の間の緊張が薄れているのに気付いた。

道中、元締らを呼んで気を引き締め直さねばと頭に刻みながら、

「お発ち！」

の声を聞いた。

問屋場と立場が連なるところの路地裏で空馬十数頭が繋がれ、馬方たちが近くの飯屋で昼飯を掻き込んでいた。

ふいに馬たちが嘶くと路地から表通りへと走り出した。

「なんでえ、どうした」

丼を抱えた馬方が馬の前に立ち塞がろうとした。

馬方の手から丼が飛んで、馬方の体も跳ね飛ばされた。

わあっ！

馬の群れはまるでそう命じられたように路地から通りへ出ると、東へ向かって曲がった。

その一町手前に豊後臼杵藩の行列が西へと向かって進んできた。

通りにもうもうとした埃《ほこり》が立ち、馬蹄の響きに先触れの藩士が一文字笠の縁を

片手で上げて確かめ、

「た、大変でござる！」

と叫んだ。

だが、馬の群れはさらに速度を上げて稲葉家の行列に迫った。

「馬を止めよ！」

「御駕籠を避難させよ！」

「ならぬぞ、馬を蹴散らせ！」

一どきに行列から無数の命がばらばらに叫ばれ、ふいに停滞した行列が算を乱そうとした。

道中奉行平内源左衛門は異変に気付くと、

「ご家老、小日向、殿をお頼みしましたぞ！」

という声を残すと前方へ走った。

行列は本能で左右の路傍に避けようとした。だが、そこには往来する旅人や宿場の者たちが立っていた。

「どけどけ！」

「なにすんだよ、そんな長持ちなんぞ担いでくるな！」

合羽を入れた長持ちを人足二人で担いでいたが、それが軒下に難を避けようとして旅の人間たちと揉み合った。

そんな混乱があちこちで起こっていた。

平内は長柄の槍を担いでうろうろする徒士の一人からその槍を奪い取ると、小脇に抱え込みながら、鞘を払った。

その間にも馬の群れは行列の先頭付近に到達していた。

平内は足を止めた。

その馬の群れに命を与えている者が隠れ潜んでいると思った。

「赤目小籐次、姿を見せよ！」

平内の叫び声が聞こえたように馬の群れの中から馬腹を伝って、その背へ跨《また》がり現れた者がいた。

破れた菅笠の紐をしっかりと顎に結んだ初老の武者だ。

目玉が大きく見開かれ、らんらんとした眼光を放っていた。

「はいよ！」

と馬たちを煽り立てると腰の次直を抜いて、右手一本に持った。

豊後森藩の厩育ちの小籐次にとって、馬を自在に操り、馬に自由に跨ることは己の二本足で歩行するようなものだ。

「下郎、推参！」

平内が叫ぶと長柄の穂先を煌《きらめ》かせて振り回し、馬たちを威嚇して散らそうとした。

だが、赤目小籐次に操られた馬たちは、ひたすら立ち塞がる平内源左衛門に向かって突進してきた。

種田流の槍の達人平内は死を覚悟すると赤目小籐次との相撃ちを望んで、穂先を、
ぴたり
と馬上の赤目小籐次の胸に付けた。

小籐次は、片手の次直を頭上に翳した。

一気に間合いが縮まり、先頭の馬が平内をなぎ倒そうとするのと、平内の穂先が一条の光になって小籐次の胸を突き上げたのが同時だった。

小籐次の眼前に穂先が伸びてきて、小籐次の次直が振り下ろされ、穂先と次直が絡んだ。

勢いは種田流の槍の達人が地面に踏ん張って突き出した槍にあった。

振り下ろされた次直を掻い潜って穂先が胸に突き立てられようとした。まさにその瞬間、先頭の馬が平内源左衛門を蹴り倒すように襲いかかって突き転がした。平内の手から槍が吹き飛び、平内の体が馬群に沈んだ。

だが、小籐次の操る馬群の一頭が平内の飛ばされた槍の柄に足をとられて、頭から転倒した。それを避けきれずに小籐次の馬も横倒しに倒れ、小籐次も前方へと激しい勢いで投げ出された。

小籐次は虚空で身を捩《よじ》ると地面に、

ぽーん

と立った。が、次の瞬間には雪崩れくる馬に激突されて、旅籠の軒先へと転がっていた。

それでも立ち上がった小籐次は、次直を引っさげると荒れ狂う馬と算を乱した行列道中の間を稲葉公の御駕籠へと走った。

脇腹に激痛が走った。

落馬したとき、骨折したようだ。

息が詰まった。走りながら、

「豊後臼杵藩のご家中に申し上ぐる！　藩のご体面の御鑓、遺恨ありて暫時拝借致す！」

と叫んでいた。

その声は川崎宿じゅうに響き渡った。

稲葉雍通の御駕籠の警護に就いた番頭元締小日向秦右衛門は、軒先に避難して、その前に仁王立ちになっていた副組元締の佐々市松に、

「殿をお願い申す！」

と後を託すと剣を抜きながら、倒れ込んだ馬からよろめき立った初老の武者に向かって走った。

「豊後臼杵藩番頭元締、小日向秦右衛門、狼藉者を斬り捨てる！」

藩の剣術直心流師範の小日向は、走り来る赤目小籐次を迎え撃とうと脇構えで足を止めた。

左足を前にして踏ん張った小日向の脇構えが左上段に移され、走る小籐次の次直は、片手から両手に持ち替えられて、斜めに傾けられた中段と変わっていた。

それでも小籐次の足は止まらなかった。

見る見る間合いが縮まり、小日向の斬り下ろしと小籐次の中段の剣が交錯するように振り下ろされ、伸ばされた。

小日向の剣が小籐次の破れ笠を切り裂き、肩口を袈裟に斬り割った。

新たな痛みが走った。

それでも浪に乗った小舟が、
つつつっ
と横走りするように二撃目を避け逃れんとする小籐次の次直が小日向の喉首を斬り裂いた。

ぴゅっ
と血飛沫が小日向から上がったが、小籐次の攻撃も浅かった。

赤目小籐次の足が縺《もつ》れた。

落馬した際に痛めた脇腹と肩に激痛が走った。

そのせいで動きが緩慢になった。

離れた小日向は反転すると振り下ろした剣を素早く引き付け、間合いの外に逃げようとする小籐次の背中を強《した》かに斬撃した。

赤目小籐次が前のめりにつんのめろうとして、なんとか踏みとどまった。

その背には風呂敷に包まれた丸亀藩と赤穂藩の御鑓二筋の穂先が負われていたのだ。

小日向の剣が叩いたのは穂先だ。

かーん！

と乾いた音が響いて、小日向の剣が曲がった。

その直後、緩慢な動きながら反転した小籐次が、提げていた次直を再び小日向の首筋に向かって今度は摺《す》り上げた。

小日向は曲がった剣で合わせようとした。

が、そのあらぬ方向を向いた切っ先を搔い潜った次直が小日向の首筋を強かに刎ね上げた。

十分な手応えがあった。

がっしりとした小日向秦右衛門の体が揺らめいた。

だが、そのときには赤目小籐次は走っていた。

髭奴が担いだ白摘毛の鞘を被った御鑓が前方に見えた。

「御鑓、逃げよ！」

馬上の家老村瀬次太夫は馬から飛び降りると、

「奪われるでない！」

と叫びながら走り寄ろうとした。

だが、赤目小籐次が一瞬早く持った剣を一閃させると御鑓の穂先を切り割り、転がった穂先に飛びつき、中腰のまま逃げ口を探した。

その目の先に村瀬次太夫が乗り捨てた馬がうろうろとしていた。

赤目小籐次は満身創痍《そうい》の体に鞭打つと馬に向かって突進し、鞍に片手をかけ、馬腹にしがみついた。突然の動きに驚いた馬が六郷川の方向に走り出した。

「馬を止めよ!」

「御鑓が奪われたぞ!」

「追え、追うのじゃあ!」

悲痛な声が川崎宿に響いた。

そのとき、赤穂藩のお先頭古田寿三郎らの一行が大混乱の現場に行き合わせていた。

通りには右往左往する豊後臼杵藩の行列があった。

行列から一騎の馬が走り出た。

古田は直ぐにこの騒ぎをもたらした人物が赤目小籐次だと気付いた。

(三番目の悲劇が起こった。またしても赤目小籐次は御鑓を強奪した)

古田寿三郎は他藩の危難を眼前にして、自らを襲った酒匂川の惨劇に重ね合わせた。そして、赤目小籐次は何筋御鑓を集めれば気が済むのかと考えていた。

「あっ」

と古田が叫び声を上げた。

(あやつ、強奪した御鑓先を江戸で晒す気だ)

二

その夕刻、見るも無惨な大名行列が神奈川宿の本陣に入った。

徳川時代、参勤行列は大名家がただ一つ外に向かって威勢を示すことのできる〝儀仗《ぎじょう》の軍列〟と言えた。

それが豊後臼杵藩の行列ときたら、敗軍の趣だ。

道中奉行の平内源左衛門は馬群に押し倒され、踏まれて瀕死の重傷を負い、川崎宿の医師の下に担ぎ込まれていた。

番頭元締の小日向秦右衛門は赤目小籐次と戦い、小籐次に傷を負わせつつも斃《たお》されていた。

そして、今ひとり犠牲者が出た。

御鑓を奪われた鑓奉行の多度津政兵衛が騒ぎの直後に路地で割腹しているのが発見され、多度津もまた平内と同じ医師の診療所に運び込まれて治療を受けていた。が、医師は助かるまいと宣告していた。

臼杵藩は一瞬にして中核に立つ人物三人を失ったうえに大勢の見物の前で権威を失墜させられていた。

本陣に入った稲葉雍通は直ぐに家老の村瀬次太夫を呼んだ。

「次太夫、あの様はなんだ！」

真っ青な顔で身をぶるぶると震わせながら、言葉にならないことを次々に喚《わめ》き続けた。

癇症の雍通の憤怒はひと頻り続いた。

村瀬は一切答えず、怒りの過ぎるまで平伏し続けた。ようようにして言調が落ち着いてきた。

「次太夫、そもそも余の行列がなぜ襲われたのじゃ。そのわけはなんだ」

「さて、それが」

村瀬も正月二十八日の城中での出来事が襲撃された動機とは答えられない。当人の雍通がその切っかけを作っていたのだ。もし真実を告げれば、さらなる激昂《げっこう》に見舞われることになる。

「草の根を分けてもあやつを探し出して余の前に連れて参れ。この雍通自ら斬り刻んでくれん！」

乗馬を赤目小籐次に盗まれた村瀬は、騎馬の者を追跡させていた。だが、未だ小籐次を発見したという報告はなかった。

村瀬はようようにして雍通の前から引き下がった。

明日の行列をどうするか、予定通りに神奈川宿を進発させるかどうか、やらねばならぬことが山ほどあった。

行列を支える道中奉行ら七人衆のうち三人が欠けた。それも村瀬が信頼をおく者ばかりが赤目小籐次一人の襲撃に倒されていた。

本陣の座敷で副組元締の佐々市松、組中元締の白石慈平、鉄砲頭元締の竹村勇三郎、そして、小頭・足軽元締の田沼兵衛の四人が村瀬の戻りを青い顔で待っていた。

「追っ手からなんぞ知らせはないか」

「ございませぬ」

佐々が答えた。

村瀬はどたりと座に腰を落として座った。

「ご家老、あやつが申した遺恨とはなんでございますな」

「知らぬ、知るわけもない」

村瀬の返答は弱々しかった。

「それよりも明日からの行列じゃ。進発できるか」

「なんとか組じゅうを落ち着かせました」

「ならば、騒ぎの後始末組を残して、われら本隊はなんとしても国許に戻る。その仕度をそれぞれ怠りなきように行え」

「はっ」

と復命した佐々が、

「ご家老、だれを残しますな」

「用人見習村瀬朝吉郎にしようかと思う」

若い朝吉郎は村瀬の親戚筋、長年、江戸屋敷に勤めてきた。が、用人見習に抜《ばっ》擢《てき》されて行列に加わり、国表に戻ることになった。

「朝吉郎なれば年は若うございますが、この難事も乗り越えられましょう」

と返事した佐々が、

「江戸にはだれぞ報告に向かわせますか」

「殿との面談が済んだ後にと考えておったところだ。書状を書く。佐々、使いの者を人選せえ」

と村瀬が佐々に命じたとき、玄関番の藩士が廊下に現れ、

「ご家老、赤穂藩のご家中の方が面会にと訪れておられます」

と伝えた。

「戯け！　騒ぎの最中、後日にしてくれとなぜ断らぬか」

と村瀬の前に佐々が叱責するように答えた。

玄関番は村瀬の顔を見た。

なにか言いかけた村瀬が途中で止めた。玄関番が立ち上がりかけると、

「待て、会う」

と村瀬はその場にいる者にとって思いがけない返事をした。

「ご家老、この火急の時に他藩の者と会うなど悠長な暇はございますまい」

「佐々、先ほど命じたことを直ぐに実行に移せ」

村瀬次太夫が佐々の問いには答えず、引き下がらせた。

直ぐに赤穂藩の古田寿三郎が村瀬の前に案内されてきた。

二人だけになったのを確かめた古田が、

「お初にお目にかかります。赤穂藩お先頭古田寿三郎にございます」

村瀬はただ頷いた。

「川崎宿の騒ぎ、それがし目撃してございます」

村瀬は黙ったままだ。

「村瀬様、もはやご存じかとは思いますが、赤目小籐次が行列を襲ったのは初めてではございませぬ。最初は箱根関所前にて讃岐丸亀藩が襲われ、二番目にわが赤穂藩が襲われましてございます。当家ではあやつの行動を阻止せんとした家臣の高野左太夫が大怪我をし、追跡した尾崎秀三郎と鈴木辰蔵の二名が斬殺されてございます」

村瀬の口から重い吐息が洩れた。だが、まだ沈黙は続けたままだ。

「そして、本日、豊後臼杵藩の行列が襲撃され、藩士の方々に多くの死傷者が出た。なぜ赤目小籐次は参勤下番の行列を狙い、御鑓先を強奪していくのでございますな、村瀬様」

古田が村瀬を見た。

だが、村瀬は答えない。

（この者、赤目小籐次の襲撃の理由を知らぬのか。それともとぼけておるのか）

知らぬなればわざわざ知らせる要もない。

「被害に遭ったのはただ今のところ京極様、森家、そして、稲葉様の三家にございます。あやつはさらに四番目の襲撃を企てているのかどうか、村瀬様、ここは三家が協同して赤目小籐次を捕縛して、真相を吐かせる時ではありませぬか」

（やはりこやつ、赤目小籐次の動機を知らぬようじゃ、ならば知らせることもない）

そう腹に決めた村瀬が決め付けた。

「古田どの、そなた一人のお考えじゃな」

「いかにも。行列は赤穂を目指して帰参の途次にございますればな」

「そのような大事を一家臣が決められる仕来《しきた》りが赤穂にはお有りか」

「ございませぬ。ですが、今は貴藩にとってもわが藩にとっても非常時、一時《いっとき》の時間が惜しゅうございます。また、それがし、騒ぎの後始末を一任されてもおりまする」

「古田どの、当家には当家のやり方がある」

「臼杵藩だけで事の始末に当たられると申されるか」

「さよう」

「村瀬様、川崎宿は箱根よりも酒匂川よりも人の往来多く、江戸にも近うございます。宿場じゅうを驚かした騒ぎ、すでに宿場役人によって幕府に知らされてもおります」

（しまった）

一番大事な処置を忘れておった、と村瀬は心の中で舌打ちした。

「わが藩では乱心者に行列を乱されましたが、早々に撃退したとの報告を江戸大目付に上げてございます」

「それで公儀からなんぞ言ってこられたか」

「いえ、未だ。おそらく様子を見ておられるのでございましょう」

と古田は返答した。

大目付から下問があったとしても江戸屋敷にいくはずで、古田は承知していなかった。だが、村瀬は古田の面会を快く思っていない上に駆け引きをしようとしていた。

（ならばこちらも……）

「村瀬様、赤目小籐次の行動、これで済んだわけではございませぬ。臼杵藩にとって赤穂藩にとっての大事はこれからにございます」

「なぜそう言い切られるな」

古田寿三郎は村瀬が未だ気付いていないことがあったかと少しだけ安堵した。

「あやつ、襲撃に際して、こう叫んだはずにございます。御鑓拝借と」

「それがどうした」

「行列に恥をかかせるのであれば衆人の見守る中、御鑓を切り放って持ち去れば よきことにございましょう。その場合、見物衆に聞かせるあやつの言葉は、御鑓 頂戴にございます。ところが、あやつは御鑓拝借と宣告した」

「……」

「つまり、赤目小籐次は強奪した御鑓先を江戸のどこぞに晒すことを考えておるのです」

「な、なんと！」

「その折、豊後臼杵藩稲葉雍通様の御道具と麗々しく宣伝するはずにございます」

「臼杵藩は改易になるぞ」

「さよう、丸亀藩も赤穂藩もこのまま手を拱《こまね》いておるなれば、改易は致し方なきことにございます。村瀬様もそれがしも一月先には路頭に迷う身に落ちる」

「なんということか」

「村瀬様、ご存じなれば赤目小籐次がかような無謀を企てる動機をお教え下され。

このとおりにございます」

古田寿三郎は村瀬の前に平伏した。

再び重い沈黙が座を支配した。

長い時が流れた。

「古田どの、顔を上げて下され。お話ししよう」

村瀬の言葉には同病相憐れむの情が込められていた。

古田が顔を上げた。

「戦国の世から二百余年、時代も変われば、一族を率いて戦場を駆け回った大名の頭領の気概も失せ申した。すべて幕府のがんじがらめの諸法度のせいにござる。赤目小籐次が豊後森藩の家臣、いや、下士であったろうことをそこもとも承知か」

「推測でさよう心得てはおりました」

古田の正直な答えに村瀬が頷き、

「この正月の登城日、城中の同じ坊主部屋で昼餉を共になされた大名が五家ござる。丸亀藩の京極様、赤穂藩の森様、臼杵藩のわが殿、肥前小城藩の鍋島様、そして、豊後森藩の久留島様であった……」

赤目小籐次が行動を起こした動機を聞いた古田寿三郎は、茫然自失として、返す言葉を失った。

大名家の当主が弁当を取り違えたことを切っかけに、城があるなしと子供のような話をして、豊後森藩の久留島通嘉に恥をかかせたというのだ。

「赤目小籐次はそれほど久留島通嘉様の信頼厚き家臣にございましょうか。どうみても下士身分と見ましたが」

「なぜ通嘉どのの受けた恥辱を下郎が知ったかは当家でも分からぬ。だが、それしか丸亀藩、赤穂藩、そして、当家と襲われる理由がないではないか」

村瀬と古田はしばらく顔を見合わせた後、古田が言い出した。

「赤目小籐次は次に鍋島様の行列を襲うと申されますな」

「いかにも」

「村瀬様、われらはまず丸亀藩京極家と小城藩鍋島家に連絡を取り合い、御鑓先江戸晒しを阻止するべきではございませぬか」

「小城藩はまだ被害に遭ったわけではござらぬ。われらがいらぬお節介をなしたと逆捩《さかね》じを喰らわされ、当家に関わりなしと返答なされたらどうなさるな」

大名諸家は格式と虚栄と前例に支配されていた。

小城藩の鍋島家が村瀬の考えるような返答をする可能性はたぶんにあった。なぜならこの五家のうち、鍋島家は七万三千二百五十石と領地高が一番上だった。

「丸亀藩に使いを立てられるのは厭《いと》われませぬか」

「それなればかまわぬ」

「ならば、臼杵藩と赤穂藩の使者がともに丸亀藩を訪ねて、善後策を協議することで一致を見たと考えてようございますか」

村瀬が頷き、

「明日にも留守居役を丸亀藩江戸屋敷に差し向ける」

「それがし、これより江戸屋敷に立ち戻り、家老と談判の上、なんとしても留守居役に動いてもらいます」

「よし」

と村瀬が言い、

「丸亀藩と臼杵藩の上屋敷は向かいあっておる。八つ（午後二時）に当藩の屋敷に来られよ。二家揃って京極家を訪ねる手筈ではいかがかな」

「承知しました」

古田寿三郎は早々に臼杵藩神奈川本陣の御用部屋を退室した。


六郷の渡しの下流に六郷の惣鎮守の六郷八幡宮があった。

相伝によれば、鎌倉右府《うふ》将軍源頼朝が安房国《あわのくに》より鎌倉に入るとき、この地に旗を立てて、大軍を集合させた旧跡という。戦いに勝利した後に鎌倉の鶴岡八幡宮を勧請して開いたゆえに六郷八幡宮と称する。

赤目小籐次は八幡宮の森に馬を止めて、鞍からよろめき下りた。手には臼杵藩から奪い取った三本目の御鑓を提げていた。

落馬した時に折れた骨のせいで胸に圧迫されるような痛みが走った。息が苦しかった。さらには小日向秦右衛門から受けた肩口の傷口から未だ流血があるらしく、肩から胸がじっとりと濡れていた。

小籐次はよろよろと歩いた。

視界が歪み、体じゅうに悪寒が走った。

赤目小籐次の戦闘者の本能が境内を流れる細流を見つけていた。流れに顔を突っ込むように倒れ込んだ小籐次の胸に新たな激痛が走った。

糞っ！

小籐次は喉を鳴らして水を飲んだ。

その後、背に負った包みを下ろし、羽織を脱ぎ捨てると襟を押し開いて、左肩の傷を調べた。さほど深くはないが、腱が傷つけられていた。

次直を抜いた。

小籐次はじんわりと噴き出す血を止めるために手拭を押し当てて、脱ぎ捨てた羽織を畳んで載せ、右手で押さえた。

地面を這いずると大木の幹に上体を持たせかけた。すると今度は脇腹に痛みが走った。

ううっ
と呻いた小籐次は、体をゆっくりと寝かせかけた。すると痛みはわずかに薄らいだ。

その姿勢で両眼を閉じた。

痛みが全身を駆け巡り、熱が体を襲った。

だが、耐えるしかない。

小籐次は、痛みに耐えかねて時折呻き声を上げた。するとなにか近付く気配がした。

両目を開けると乗り捨てた村瀬次太夫の馬が小籐次を見下ろしていた。

（夢か現《うつつ》か）

そんなことを考えているうちに痛みに気を失った。

どれほどの時間が過ぎたか。

戦闘者の本能が目を覚まさせた。

目を開けると馬がいなくなっていた。

だが、馬とは違う気配が赤目小籐次のところに接近してきていた。

馬が嘶いた。

さらに馬が荒い息を吐いた。別の馬だ。

赤目小籐次は、よろめくように立った。

次直を掴むと左肩の傷口に当てていた羽織を取り、横に転がって藪に身を隠した。

「村瀬様のお馬がおるということは、近くに隠れておるやも知れぬ」

「馬の鞍が血で汚れておる、深手を負っておるやもしれぬぞ」

遠くから若い声が聞こえて、赤目小籐次の潜む藪陰に近付いてきた。

「佐多、どうする」

「怪我しておるなれば、二人で手捕りにできようぞ」

「やるか」

下草が掻き分けられる音がして、二人の藩士が赤目小籐次が眠り込んでいた大銀杏《いちょう》の幹のそばに立った。

「見ろ、この持ち物を」

「おおっ、当家の御鑓先が！」

二人の語調がふいに変わった。

「稲津、この近くにあやつはいるぞ」

「気をつけよ」

と二人が顔を見合わせ、刀の柄に手をかけた直後、小籐次が立ち上がった。

「わあっ！」

一人の藩士が叫び、もう一人が慌てて、剣を抜こうとした。

その瞬間、赤目小籐次は両手に次直の柄と鞘を握って、刀の鐺《こじり》を一人の鳩尾に突き込み、もう一人の首筋を殴りつけた。

二人の若い藩士は小籐次の必死の反撃に気を失って藪陰に倒れ込んだ。

小籐次は、荒い息を吐《つ》くと風呂敷を解き、三本目の御鑓先を丸亀藩、赤穂藩の御鑓先と一緒にして包み込み、二人の藩士が馬を繋いだ場所へとよろめき歩いていった。すると村瀬の馬が小籐次の姿を見て、嘶いた。

「待っておったか」

赤目小籐次は鞍に風呂敷包みをかけると自らを鞍上に乗せて、弱々しく馬腹を蹴った。

三

翌日の昼過ぎ、赤穂藩留守居役羽村大輔に同道して古田寿三郎は、愛宕下通りの臼杵藩上屋敷を訪ねた。

古田は夜を徹して神奈川宿から江戸に入り、江戸家老の武石文左衛門と留守居役の羽村に面談を願った。そして、二人の重臣に臼杵藩家老村瀬次太夫と神奈川宿で会い、合意したことを告げたのだ。

話を聞いた武石の顔が緊張に赤くなり、

「古田寿三郎、そなたお先頭の分際で他藩の家老と会い、勝手な取り決めを致したというか。戯けたことにも程がある。身のほどを知れ！」

烈火のごとくに憤激する武石は六十七歳の老人だった。

江戸家老を二十数年も続け、若い藩士の間では、

「武石様の頑固偏狭は年をとられてますます激しくなられる。あれはためにする一徹、老害としか呼べぬ代物だぞ」

と噂されている人物だ。

「武石様、お怒りごもっともにございます。しかしながら、ただ今は赤穂藩存亡の瀬戸際、酒匂川の騒ぎでは家中にも死人が出ております。それがしの行動が僭《せん》越《えっ》と申されるなれば、事が鎮まった後にこの腹をかっ捌く所存にございます」

「まあまあ、ご家老も激昂めさるな。古田も気負いこみ過ぎじゃぞ」

と双方を宥めた羽村は壮年に差し掛かり、頑固一徹の武石の補佐役を任されていた。

「ご家老、古田の申すことにも一理ございます。この際、身分禄高は忘れて藩が一丸となって事の処理に邁進《まいしん》すべきかとそれがしも考えます」

「羽村、どうせよとおぬしは申すか」

武石が折れた。

「古田の申すように今は臼杵、丸亀の二藩と協力し合うことこそ、小藩の赤穂の生き残りの途にございます」

「ならば今後はおぬしが主導して策を進めよ」

羽村がなんとか武石を諫《いさ》めて、古田が村瀬次太夫と結んだ取り決めが実行されることになった。

臼杵藩では羽村と同役の瀬戸内丹後と若い用人見習の村瀬朝吉郎が玄関先に待ち受けていた。

羽村と瀬戸内は寄合が一緒、顔見知りだ。

「瀬戸内様、よろしくお願い申す」

と羽村が頭を下げた。

赤穂藩は二万石、臼杵藩は五万石、禄高に敬意を表したのだ。

だが、留守居役の寄合では羽村が先輩、この序列は絶対だ。

寄合の席は、新任の留守居役は次の新任が入るまでいじめられ役を務める、そんな閉鎖的かつ絶対的な集りである。

江戸期を通じて留守居役が力を持ったのは、幕府の意向をいかに早く知り、藩の取り潰しに遭わぬようにするか、金の掛かる普請などを命じられぬようにいかに回避するか、情報収集に各藩が競った結果だ。

そのうち、藩の外交官たる留守居役は藩主の詰之間が同じ者同士で寄合組合を作り、一藩が抜け駆けせぬように互いを監視し合った。

そのために始終顔を合わせ、茶屋遊びなどにうつつを抜かすことを繰り返した。

一方で留守居役が家老ら藩重職の権限を超えて、力を持つ弊害も出ていた。

「羽村様、互いにどえらい難儀が降りかかったものでございますな」

瀬戸内は行列に同行する家老の村瀬次太夫から、

「赤穂藩と協同して事件解決に当たれ」

との書状を得ていた。

その使いを果たしたのが村瀬の縁戚であり、用人見習の村瀬朝吉郎だ。

朝吉郎は最初、川崎宿の後始末を指示されていた。が、次太夫の考えで書状を持って江戸に戻る使いを命じられた。

瀬戸内にはこの村瀬朝吉郎が同行することになっていた。

玄関先で二藩の考えが短く摺り合わされた。

その後、赤穂藩は羽村と古田、臼杵藩は瀬戸内と村瀬の四人が、臼杵藩の表門と向かい合う讃岐丸亀藩の京極家江戸屋敷を訪ねた。

むろん前もって意は通じてある。

四人はすぐに座敷の一室に通された。

待ち受けていたのは、丸亀藩の江戸家老の多門治典と留守居役の花山大膳。それに今ひとり、黒崎小弥太が座敷の隅に控えていた。

ここに赤目小籐次に襲われた三家が顔合わせしたことになる。

むろん花山は羽村とも瀬戸内とも顔見知りだ。

一座の者の紹介が行われたが、小弥太だけは外された。

小弥太は軽輩である。本来なればこの場に同席することも適《かな》わない。だが、赤目小籐次に面会したただ一人の人物として、花山が多門に許しを願って、同席させたのだ。

いわば外交上の丸亀藩の秘密兵器だ。

一座の上位は家老職の多門だ。

鶴のように痩せた白髪の老人が口火を切った。

「もはや互いが駆け引きをする時間の余裕はない。同道なされた臼杵藩と赤穂藩の方々と同じ羽目にわが藩も陥っておる。お手前方はどこまで狼藉者の行動の動機をご存じか」

その問いに答えたのは、臼杵藩の留守居役の瀬戸内だ。

「赤目小籐次なる狼藉者が豊後森藩の下士であったこと、さらには赤目をあのような行動に駆り立てた原因が、この正月二十八日の城中での昼餉に居合わせた五家の大名方の些細な会話であったこと……」

多門が頷き、さらに訊いた。

「赤目小籐次の今後の動きはいかに推量なさるな」

「あやつは藩主久留島通嘉様の受けられた恥辱を雪《すす》がんと行動しておるとのこと、おそらく集めた四家の御鑓先を江戸の繁華な場所に晒しものにするは必定、と赤穂藩の古田どのは見ておられます」

瀬戸内の言葉に古田はただ頷いた。

多門がしばし沈黙した。

代わって丸亀藩留守居役の花山大膳が、

「臼杵藩、赤穂藩ではなんぞ有効な手立てをお持ちかな」

と訊いた。

だれもが答えない、いや、答えられない。

しばしの沈黙を破って、古田が口を開いた。

「赤目小籐次が独りの考えで行動している以上、確たる策はございませぬ。ですが、赤目の行動の因が久留島通嘉様の受けられた恥辱を雪がんとする点にあったとするなれば、一つだけ考えられまする」

「なにかな」

多門が痩身の背を屈めて聞いた。

「四家藩主の詫び状にございましょう」

黒崎小弥太が視線を古田にやった。

その考えは赤目小籐次と会った小弥太自身の考えでもあったからだ。

「他に策は考えられぬか」

多門が声を絞り出すように言った。

「差し出がましいことながら、発言をお許し下され」

臼杵藩の用人見習村瀬朝吉郎が願った。

この場では座敷の隅にひっそりと控える黒崎小弥太の次に若かった。

「われら同病に苦しむ者同士、ご勝手にお話しあれ」

多門が主人側の貫禄を見せて応じた。

会釈を返した村瀬が、

「昨日、当家が襲われた騒ぎで、赤目小籐次自身もかなりの手傷を負っております。ゆえにわれら三家が腕に覚えの藩士を募り助け合えば、討ち取ることは可能かとも思われます」

「うん、それで」

多門が身を乗り出した。

「ですが、手負いの猪《しし》ほど力を発揮するもの。われら三家にもかなりの被害が出るものと予測されます。それでも武門の意地を貫くか、あるいは赤目小籐次の真意を斟酌《しんしゃく》して、あやつの意地にひれ伏すか。われらの前には二つに一つの途しか残されてはおりませぬ」

一座から吐息が重なって聞えた。

再び古田が声を上げた。

「それがし、当家が見舞われた酒匂川の襲撃以来、赤目小籐次の行動と考えを推測し続けて参りました。村瀬様が申された一条にございますが、あやつの息の根を止めるには三家に何十人もの犠牲が出ることは必定にございます。すでに三家の手練れの方々があやつの剣に倒されております。ここで新たな犠牲を出したとしても、それで解決になるのか。御鑓先が取戻せぬことも考えられる。また、幕府が動き、われら三家の改易が話し合われることも考えられる。いずれにしても問題は残る」

「古田様は詫び状しかないと」

村瀬が古田に念を押すように聞いた。

「箱根、小田原外れの酒匂川、そして、川崎宿と赤目小籐次は騒ぎの場所を段々と江戸に近付けております。あやつの次なる騒ぎの場がこの江戸府内であろうことは簡単に推測がつきます。これは襲われる肥前小城藩だけの問題ではない。一蓮托生われら三家も関わってまいります」

「糞めが」

多門が罵り声を上げ、古田が言い切った。

「この際、藩の沽券《こけん》も藩主の面目も捨てるしか浮かぶ瀬はございますまい」

重い沈黙がまた座敷に広がった。

「古田、そなたの考えを受け入れたにせよ、赤目小籐次といかにして接触するぞ」

羽村が聞いた。

「そこにございます。赤目小籐次が豊後森藩の下士なれば、もはや豊後森藩の江戸屋敷に折衝する頃合にございましょう」

「それしか途はないか」

「ございませぬ」

「待たれよ、当家にちと策がござる」

得意そうに胸を張った多門が座敷の隅の黒崎小弥太に視線をやった。

「あの者が赤目小籐次と会っておる」

驚きの声が一座から上がった。

「話せ、小弥太」

多門が命じた。

「それがし、わが藩の行列が箱根関所を前にして襲われしとき、行列の中にいた者にございます。御鑓が強奪された後、二人の朋輩と赤目小籐次の追跡を命じられました。そして、真鶴の岬の林で疲れ切ったあやつを取り囲んだのです」

古田、村瀬の外は直接、赤目小籐次を見た者がいなかった。ここに赤目に会った黒崎小弥太が現れたのだ。

古田も注目して軽輩身分の小弥太を注視した。

「だが、赤目小籐次のために二人は一瞬の裡に殺され、私だけが生き残りました。それがし、追跡失敗をお行列の上役に報告した後、江戸藩邸への使いを命じられたのです。そして、偶然にも赤穂藩のご一行が酒匂川で襲われたところへ行き合わせました」

古田寿三郎は驚きに目を見張った。

「赤目小籐次は、赤穂藩の御鑓先を一気に奪い取ると流れを渡って逃げました。すべて箱根関所前の騒ぎの再現にございました。私はすぐに使いの役を後回しにして、赤目小籐次の後を追ったのでございます」

「それがしも部下の二人に追跡を命じてござる」

古田の言葉に小弥太が頷き、承知しておりますと答えた。そして、

「お二人が馬入川の河原に赤目小籐次を追い詰め、御鑓を奪還なされようとした戦いも目撃してございます」

「なんとそなたは尾崎秀三郎と鈴木辰蔵の両名が斃された戦いも見られたか」

古田が呻いた。

「それがし、あの戦いを見て、もはや赤目小籐次と正面切って戦うことを諦めました」

古田の耳には小弥太の言葉は潔く聞こえた。

が、多門は舌打ちした。

「いや、あやつ、化け物にござれば、よき判断にござった」

古田に会釈をした小弥太が、

「赤穂藩の二人を倒した翌々日、赤目小籐次は神奈川宿の裏路地に見つけた刀研ぎ師の下を訪れ、仕事場と道具を借りて、それまでの戦いに刃毀れした一剣を丹念に研ぎ上げたのでございます」

なんとも用意周到な襲撃者だった。

「それは臼杵藩のお行列が襲われる前日のことかな」

古田が聞く。

「いかにもさようにございます」

と答えた小弥太が、

「赤目小籐次はその前夜、六郷の岸辺に舫われた屋根船で一夜を明かそうとしていました。そこで意を決した私は、赤目に面会を申し入れたのです」

古田寿三郎は若い下士の沈着な行動が、

(ひょっとしたら救いになるやもしれぬ)

と望みを抱いた。

「黒崎どの、赤目小籐次は企みを話したか」

「古田様らが推量なされたこととほぼ同じにございます。集めた御鑓四本を日本橋の高札場に晒すと申しました」

「やはりそうか」

一座から絶望の声が洩れた。

「黒崎どの、赤目は御鑓の晒しを止めさせる手立てを、条件を申しましたか」

「いえ、ただこう答えました。『本夜の会話、そなたの主に伝えよ。京極高朗様のご返答を聞いて、御鑓先を日本橋の高札場に晒すかどうか決めよう』と」

しばし沈黙が座を支配した。

京極高朗の返事次第とは、臼杵藩にも赤穂藩にも通じる条件であった。

もはや一座の全員が藩主の詫び状によってしか、御鑓先の返還が叶《かな》わないことを承知していた。

「黒崎どの、赤目小籐次との連絡《つなぎ》はいかになされるな」

「柳橋の万八楼の番頭を仲介せよと、そして、その使いは私一人《いちにん》だと厳命しました」

「万八楼だと」

茶屋をよく知る留守居役の羽村が訝しくも声を上げた。

「羽村どの、あやつな、先の大酒の会に参加して、三升入りの大杯で五杯を飲み干した豪の者にござるよ」

丸亀藩の留守居役の花山が言い、

「つらつら考えるにあやつ、大酒で酔い喰らって奉公をしくじり、豊後森藩から追い出される筋書きを考えた後、この一連の騒ぎを始めたのではなかろうか」

と推論を述べた。すると小弥太が、

「花山様、それがし、赤目小籐次が豊後森藩の白金猿町の下屋敷にて厩の世話をしていたことを突き止めてございます」

と言い出した。

「なにっ、あやつ、下屋敷の厩番か」

「徒士なれど、赤目家には伊予以来の来島水軍流という秘剣が伝承されているとか。ですが、家中の者、未だだれもその腕前を見たものはございませんでした」

小弥太はその日の内に調べ上げた赤目小籐次の藩を出された理由までを一座に告げた。

「その来島水軍流にわれらが苦杯をなめておるか」

「花山どの、その徒士、すべてに用意周到の者にござれば一筋縄では参らぬ」

臼杵藩の留守居役の瀬戸内が呻くように言った。

「やはり殿の詫び状しかないか」

多門が自らに言い聞かせるように言った。

「もはや、それしかあやつの行動を止める手立ては残っておりませぬ」

花山がその場を代表するように応じた。

丸亀、赤穂、臼杵の三藩ともに藩主一行は参勤下番の道中にあった。

「となれば、黒崎どのを通じて赤目小籐次に詫び状を差し出すことを通告し、急使を立てて、三通の詫び状をなんとしても急ぎ取り集めるか」

「多門様」

と古田が言いかけた。

「各藩がそれぞれ一通の詫び状を殿にお書き頂くのは大変にございましょう。それよりこちらで詫び状を用意し、京極高朗様、稲葉雍通様、わが殿と三方の署名と花押《かおう》をお書き添え頂くことではいかがにございますな」

「おおっ、そのほうがわが殿も署名しやすかろう」

一座は古田の案を採用した。

「残るは肥前小城藩をどうするか」

「行列発駕は明朝だな、よし」

と多門が言い出した。

「この一件、留守居役同士でもうまくいくまい。われら三家の家老が同道して、今宵にも小城藩の江戸家老水町蔵人どのに面会してみる」

臼杵藩の行列同行の家老村瀬次太夫は、小城藩の格式と虚栄に懸念を持って通告することを危ぶんだが、事ここに至れば小城藩との相談が要った。

刻限も迫っていた。

「多門様、よき考えかと」

丸亀藩の留守居役、花山大膳が賛意を示した。

「残るは豊後森藩との掛け合いか」

一座に沈黙が再び巡ってきた。

それぞれにいろいろな思惑が巡っていた。

「豊後森藩の留守居役はどのようなお方にございますな」

古田が三人の留守居役のだれにともなく聞いた。

「それが昼行灯のようなお方でな。宴席でもただ黙って隅に座っておられるようなお方と覚えておる。城中の出来事も家老、留守居役どのがしっかりと目配りしておれば、久留島通嘉様が独り恥辱を抱え込むようなことはなかったろうに」

と答えたのは臼杵藩の留守居役瀬戸内だ。

「本来なればこの役目、われら三人の留守居役の務めにござる。だが、ここはわれらが一歩後に引いて豊後森藩に掛け合う策はいかがかな」

丸亀藩留守居役の花山大膳が答えた。

「で、だれを表に立てなさるな」

赤穂藩の羽村大輔が聞いた。

「ここにおる赤穂藩の古田寿三郎どのを頭に臼杵藩の村瀬朝吉郎どの、当藩の黒崎小弥太と三人で掛け合う。この三人なれば、襲撃の時から赤目小籐次に付き合ってきた者たちだ。われらが出るよりも赤目小籐次の狼藉振りを相手に存分に分からせられよう」

「それに豊後森藩にも萎縮をさせずに済むというものにございますか」

瀬戸内が応じて、多門も、

「花山、そのほうら留守居役が後見を致すなれば、それもよかろう」

と承諾した。

ここに丸亀藩、赤穂藩、臼杵藩の御鑓返還の同盟がなった。

四

元和三年（一六一七）四月、鍋島元茂が祖父の直茂より知行所として小城など三郡にまたがり、定米一万余石と八十三人の家臣を譲渡されたのに続いて、同年十二月に父の勝茂から定米一万余石と家臣七十七人を譲りうけて、小城藩の基礎がなった。

知行所は定米二万三百八十一石余、これが物成高と呼ばれる知行高の六割を示していた。

寛永十七年（一六四〇）、幕府は小城藩を部屋住格の分家として認め、翌年から佐賀本藩と隔年交代の参勤を命じた。

さらに明暦二年（一六五六）に下ると小城藩の知行高は七万三千二百五十石となり、この石高が幕末まで維持された。

初代元茂に始まった小城藩は、九代鍋島紀伊守直尭《なおたか》の時代を迎えていた。捨若の通称を持つ直尭は、兄の直知《なおとも》の死に伴い、わずか四歳で藩主の地位に就いていた。そして、文化十四年（一八一七）のこのとき、十八歳の若い藩主であった。

小城藩では明朝の参勤発駕を控えて、幸橋《さいわいばし》御門内の上屋敷はその仕度に大忙しであった。

夕暮れ、そんな屋敷を他藩三家の家老が密かに訪れた。

むろん前もって訪問が知らされていたから、江戸家老の水町蔵人と留守居役の伊丹《いたみ》権六の二人が待機して、すぐに座敷の一室に通された。

「これはまたお歴々顔を揃えての訪問とは何事にございますな」

壮年の水町はすでに丸亀藩の多門治典らの用件を承知していた。だが、まず惚《とぼ》けて訊いた。

「水町どの、日頃お付き合い頂いておる誼《よしみ》、正直にお願い申す。すでに貴家ではわれら三藩が蒙った危難を承知であろうな」

多門がそれに応じた。

「風聞の域を出ませぬが、いろいろと耳には入っております」

「どのようなことが」

「行列の体面の御鑓先を一人の狼藉者に奪われた類の話にござる。じゃが、当家ではそのようなことがあろうかと信じてはおらぬ」

多門ら三人の家老は苦々しい顔になるのを必死で堪えた。

「水町どの、真実でござる」

「な、なんと言われたな。三家揃って、独りの老武者に御鑓先を強奪されたと申されるか」

「恥ずかしながら真にござる」

ふーうっ
と水町が肩で息をついた。

「で、当家に御用の筋とはどのようなことにござるな」

「水町どの、三家に狼藉を働いた赤目小籐次と申す者、元豊後森藩の徒士にござって、下屋敷にて馬の世話などをしており申した。それが此度の騒ぎを起こす前に下屋敷から追い出されておる」

「それはまたなぜ」

「大酒の会に出て酔い喰らい、藩公久留島通嘉様の参勤見送りに間に合わなかった由にございますよ」

水町がしばし黙り込んで考え込む様子を見せた。

多門は、小城藩が赤目小籐次の行動の動機をおぼろに承知していると判断した。
（そのことがどう左右するか）
小城藩では丸亀藩、赤穂藩、臼杵藩と立て続けに大名行列が襲われ、御鑓先が強奪されていった事実を宿割り役人からの報告で承知していた。
（なぜ柳之間詰めの大名家ばかりが狙われたか）
水町は江戸屋敷の探索方を東海道に飛ばして、新たな情報を収集させていた。
その結果、
狼藉者が初老の武者で手練れであること、
襲撃に際して藩主への遺恨を告げ知らせていること、
御鑓拝借と告知していること、
などを知りえていた。
その段階で水町蔵人は、正月二十八日の登城日に城中で起こった出来事が起因しているのではないか、と推測していた。
昼餉の刻限、坊主部屋でたまたま同席した五家の大名方が弁当の間違いから、
「城があるとかないとか」
という話に発展し、豊後臼杵藩の稲葉雍通が中心になって同じ豊後森藩の久留

島通嘉を愚弄したというのだ。

水町はその話を直に藩主の直尭から聞いていた。

「いや、弁当を取り違えられた臼杵藩の稲葉雍通どのが執拗に久留島どのを責められ、われらもつい尻馬に乗ってしもうた」

と若い藩主は後味が悪そうに告白したのだ。

直尭のこの気持ちには小城藩の積年の苦い思いが込められていた。

江戸城柳之間詰めの大名の中で五万石以上はすべて城主（格）であるのに七万三千石の小城藩は無城であったのだ。

前年の文化十三年にも城主格昇進を本藩から幕府に申請してもらうように願書さえ出していた。この願いは都合七度も申請されていたが、悉《ことごと》く却下されていた。それは本藩の佐賀が本来の藩体制を維持していくために家格の変化を望まなかったからだ。

小城藩にとって無城は禁忌であった。

が、稲葉雍通は七万三千石という禄高に迷わされて気付かなかった。また、若い直尭もその場で、

「うちも無城でござる」

と訂正できなかった。

水町は即座に豊後森藩の上屋敷に探りを入れさせた。

だが、赤目小籐次なる士分は森家にはいないことが分かった。

（となると、豊後森家では剣術家を雇って襲撃を企てたか）

一万二千五百石の小名に、そのような気概も経済的な余裕もあるとは思えなかった。

まさか三家を襲撃した赤目小籐次なる人物が下屋敷の厩方、徒士身分とは水町も想像しなかったことだ。

「水町どの、赤目小籐次は箱根関所前の丸亀藩の襲撃から小田原外れの酒匂川、さらには当家の行列を襲った川崎宿と段々に江戸へと近付いております」

「……」

「われら三家の考えでは、次に襲われるのはご当家小城藩の行列、それも明日、江戸府内においてにございましょう」

水町が小さく舌打ちした。だが、沈黙したままだ。

「水町どの、赤目小籐次が藩主久留島様の辱めを雪がんと、最後に企てていることをご存じか」

「さてなんでござろうな。そのような野良犬の如き下士が考えることなど推測もつき申さぬ」

「四家の御鑓を日本橋の高札場に晒すことにございますよ」

「そのような途方もなきことが許されるものか。第一、そのようなことをだれからお聞きなされたな」

「水町どの、われらはここ数日、赤目小籐次の行動に悩まされ、考え続けてきた結果にございます」

「その結論が日本橋の高札場の晒しかな、笑止なり」

水町が言い切った。

「推測だけでかような談判にこられるものか」

煮えきらぬ水町の態度に焦れた多門が吐き捨てると、

「当家の家臣が赤目小籐次に直に会い、聞き出したことにござる」

「なにっ、赤目小籐次なるものと連絡《つなぎ》をつける手立てをお持ちか」

「持っており申す」

「丸亀藩のご家臣が直に会いながら、赤目小籐次を取り押さえられなかったか」

「水町どの、黒崎小弥太なる若い家臣、箱根関所前の騒ぎの後、赤目小籐次の追跡を命じられたほどの豪の者にござる。だが、二人の同輩を一瞬の裡に討たれたとき、その場から一人だけ逃げ果《おお》せて、赤目小籐次がただの武芸者でないことを告げた沈着冷静な若者でもござる。ただの猪武者なれば同輩とともに死んでおろう。だが、黒崎の決断があればこそ、われらは今、赤目小籐次の人物を知りうることができたのですぞ」

「これは失礼申した」

「さて、水町どの、われら三家は赤目小籐次の最後の行動を止める一つの案で一致を見た。それに小城藩が加わって頂けるかどうか、相談に参った次第にござる」

赤穂藩の江戸家老武石文左衛門と臼杵藩の江戸家老水村彦左衛門が賛同を示すように頷いた。

水町は三家が一致を見たという案をおぼろに推測した。

豊後森藩久留島通嘉への謝罪だ。

だが、本家の佐賀藩は武門の誉れ高い一族、その分家筋にもその精神は受け継がれていた。ただ独りの老武者の襲撃に恐れて、謝罪の意を示すなど許されなかった。

「御用向きしかと承った」

「われらの考えお分かりと申されるか」

「いかにも」

「で、ご返答はいかに」

「われら鍋島一族は本藩の佐賀藩の『三家格式』によって統制されてござる。武士道とは、死ぬ事と見つけたり。葉隠《はがくれ》精神を幼少の頃より叩き込まれて育ってござる」

『三家格式』とは佐賀鍋島家三十五万七千石を中心とした分家の小城鍋島家、蓮池鍋島家、鹿島鍋島家を統制する佐賀藩の武家諸法度というべきものだ。

佐賀藩二代光茂が天和三年（一六八三）に制定していた。

「受け入れられぬと申されるか」

「そもそも城中での諍《いさか》い、臼杵藩の稲葉様がなされた戯言《ざれごと》、わが殿は十八歳と一番の年少にござれば、ただ三家の方々に追従しただけの事にござる。豊後森藩風情から遺恨を持たれるいわれはござらぬ」

「水町どの、わが殿の行動を蔑《さげす》まれるや」

それまで黙っていた臼杵藩の水村彦左衛門が立膝をついた。

「まあ、水村どの、待たれよ。われらは一蓮托生の同じ舟に乗り合わせたと思うたが、小城藩では違うと申される。なれば致し方なし、明日の発駕を控えてご多忙でもござろう。辞去いたそうか」

と多門治典が二人の家老に誘いかけた。

「多門どの、ご好意痛みいる。だが、わが藩はわが藩の事情もござるゆえお許しあれ」

水町の言葉に怒りを抑えた多門が頷いて立ち上がった。

豊後森藩一万二千五百石の江戸上屋敷は、東海道と赤羽橋からくる道が交わる芝元札ノ辻にあった。

「海から山に移封」

された森藩の主たる物産は明礬《みょうばん》である。

八代通嘉の時代を迎えて、文化期に入ると藩の財政は家臣の禄米を藩が借り上げる上米制をとらざるを得ないほど逼迫していた。それは暗い屋敷の様子にも見てとれた。行灯の数が極端に少ないのだ。

そんな森藩の上屋敷に珍しく客があった。

それも赤穂藩、臼杵藩、丸亀藩の三家の家臣が顔を揃えて、面会を申し出た。

藩の留守居役である糸魚川《いといがわ》寛五郎が応対に出ると、三人がそれぞれ赤穂藩お先頭古田寿三郎、臼杵藩用人見習村瀬朝吉郎、丸亀藩道中目付支配下黒崎小弥太と名乗った。

初対面の人間ばかりだ。

「三家の方々がお揃いで、また何の御用にございますな」

三人のうち年上の古田が頷くと、

「糸魚川様、ご当家に赤目小籐次と申す者が奉公にございますな」

「ほう」

と糸魚川は小さな驚きの声を上げた。

というのも徒士赤目小籐次、大酒の会に無断で参加して、藩邸を数日にわたり空けたばかりか、藩主の行列見送りを欠礼したゆえ、解雇したという通告を、下屋敷の用人から受け取った矢先で、その名を記憶していたからだ。

「確かに赤目小籐次なる徒士、下屋敷に勤めておりましたが、つい先ごろ失態あって解雇されております。それがなにか」

「糸魚川様、お手前、近頃、大名家の行列が一人の狼藉者に襲われたという風聞をお聞きでないか」

「ございます」

と答えた糸魚川は、丸亀藩、臼杵藩、赤穂藩とはその襲われた大名家ではなかったかと思い出した。

「われら三藩の行列を襲うたは、森家の赤目小籐次にござる」

古田寿三郎が、
ずばり
と言い切り、昼行灯と評された糸魚川が、

「なんと」

と驚愕の言葉を吐いたが、後が続かず、古田らの顔を、

(まさか冗談ではあるまいな)

と確かめた。

だが、三人の訪問者の顔には険しい表情が漂っていた。

「暫時、暫時お待ちあれ」

糸魚川は中座した。

古田らは暗い森藩の座敷で押し黙ったまま、糸魚川が戻ってくるのを待った。

しばらく待たされた後、糸魚川が江戸家老の宮内積雲を連れて戻ってきた。

初老の宮内は座敷内を急いだだけで、

ぜいぜい

荒い息を吐いていた。太りすぎのせいだ。

「お三方、糸魚川がそれがしに伝えたこと、真実か」

「冗談や戯言で言えるものかどうか、ご判断下され」

「しえっ」

と驚きの奇声を発した宮内は、

「赤目小籐次なる徒士が、そのような大それた騒ぎを起こせるものであろうか」

と疑問を呈した。

「宮内様、糸魚川様、われらが申すこと心してお聞きあれ」

古田寿三郎は箱根の関所で丸亀藩の行列が襲われて以来の話を仔細に告げた。

話を聞かされた二人は顔面蒼白、宮内はさらに弾む息をしていた。額に冷や汗も浮かんでいた。

「通嘉様がさような目に遭っておられたことなど、われら家臣一同承知しておりませぬ。それを徒士風情が通嘉様のご心中を察するなどございましょうか」

糸魚川が反論した。

「正直申して、今のところわれらには理解つかぬところにござる。だが、赤目小籐次は確かに久留島通嘉様の汚名を雪がんと行動していることだけは確かにござる」

あっ
という声を上げたのは宮内だ。

「宮内様、なんぞお心当たりがございますかな」

古田が突っ込んだ。

「いや、ござらぬ。勘違いにござる」

慌てて言い訳をする宮内を見て、昼行灯の糸魚川も思い出していた。

今をさる二月も前、城中から屋敷に戻った通嘉がふいにその足で下屋敷に馬乗りに出ると言って、芝の上屋敷から白金猿町の下屋敷へと出向いた。

騒ぎが起こったのは下屋敷到着の直後だ。

通嘉が一騎だけで屋敷の裏口から野駆けに出て、屋敷じゅうが大騒ぎになったことがあった。

その折、一人だけ後を追って通嘉と愛馬紅姫を連れ戻った徒士がいたが、

（あの者が赤目小籐次であったか）

と気付いた。

確かに久留島通嘉と赤目小籐次を結ぶ糸があった。だが、これぱかりは口が裂けても言えぬことだと、宮内も糸魚川も期せずして直感した。

「宮内様、糸魚川様、本来なればわが三藩の家老職か留守居役が掛け合いに参るところにございます。われらのような軽輩を差し向けた三家の苦衷と本意をお察しあれ」

「十分に承知してござる」

糸魚川が言った。

「赤目小籐次はわれら三家から集めた三本の御鑓を日本橋の高札場に晒す所存。御鑓先を奪われた上に晒しものにされては、丸亀藩、臼杵藩、赤穂藩の立つ瀬なし。公儀は改易も考えられましょう。なんとしても阻止せねば、われらが面目立ち申さぬ」

「お気の毒にござる。苦衷お察し申す。じゃが、わが藩の禄を離れた赤目小籐次の行動をいかにして阻止せしめるか、策がござらぬ」

宮内が赤目小籐次はもはや豊後森藩と関わりがないと言った。

「そう申されるであろうことは推測がついた。だが、宮内様、藩主、久留島通嘉様と赤目小籐次を結ぶ関わりをわれらが探り出した暁には、さような逃げ口上は通じませぬぞ」

　古田寿三郎の声が厳しくも応じていた。

「いや、待たれよ。家老もわが藩に関わりなしと答えられたわけではござらぬ。なんでもよい、赤目小籐次を阻止する手立てがあれば、動き申す」

　と糸魚川が慌てて言い加えた。

「なれば、一つに急ぎ久留島通嘉様が赤目小籐次に宛てた書状をお書きになること」

「通嘉様は参勤下番の途中にござる」

「宮内様、早馬なりなんなり飛ばしなされ。互いの藩が存続するかどうかの瀬際にござる」

　古田が厳しく言った。

「分かり申した」

「二つ」

　と言ったのは臼杵藩の村瀬朝吉郎だ。

「赤目小籐次が明日、肥前小城藩の行列を襲うは確か。藩中の者を駆り出されて赤目小籐次を捕縛なされよ」

「出来るかどうかやり申す」

「失敗は許されませぬ。豊後森藩はわれら三藩の他、小城藩七万三千石も敵に回すことになる。また本藩の佐賀鍋島家三十五万七千石に恨まれることになる」

「承知した」

糸魚川が叫んだ。

「三つ。私は赤目小籐次との連絡《つなぎ》をつけられるただ一人の人間にございます。藩の意向を認《したた》めた書状を頂戴致す。なんとしても赤目小籐次の行動を止める書状をご用意くだされ」

黒崎小弥太が静かに、だが、決然と言い切った。

「承知した」

と宮内と糸魚川が同時に叫んだ。

そのとき、赤目小籐次は近くの品川宿の一つ、品川歩行《かち》新宿の海岸っぺりにある稲荷社の社殿にいた。

脇腹が熱を発し、左肩の傷もずきずきと痛んだ。

小籐次は、上半身裸になって左肩の傷に品川宿の酒屋で買い求めた焼酎を振りかけて消毒し、晒し布で巻いた。

最後の戦いまであと数刻あった。

それまでに治るとは思えない。だが、やることだけはやっておきたい。

傷の治療を終えた赤目小籐次は、背中に負ってきた三本の御鑓を手にすると社殿の外に出た。袷《あわせ》に道中袴、破れた菅笠姿だった。

海に面した稲荷社の石垣下に猪牙舟《ちょきぶね》が舫われていた。

芝の船宿から盗んできたものだ。

御鑓を包んだ風呂敷包みを猪牙舟の船底に隠して、別の包みを出した。麻縄の先に芝の海岸で盗んできた小舟の碇《いかり》をしっかりと結びつけたものだ。それを懐に仕舞うと、

「よし」

と小さな声を発し、猪牙舟を南に向けた。

品川宿を南と北に分かつのは目黒川だ。

流れは南品川と北品川の間に架かる中ノ橋下から海と並行するように大きく蛇

行して、北に向かう。川の右岸は細長く突き出た砂嘴《さし》に造られた新町であり、その河口の浜付近に漁師舟を止める舟泊まりの水路が一本口を開けていた。そこへ猪牙舟を舫った。

赤目小籐次はそうしておいて、海岸を少しばかり北品川宿に戻った。

生涯初めての経験をしようとしていた。

遊里に泊まるという経験だ。

むろん、小籐次も若い時分に品川の安い飯盛女を買ったことは何度かあった。ちょんの間と呼ばれ、ただ欲望を満たすだけの最下級の遊びだ。だが、小籐次は昼間の裡に目をつけていた女郎屋に泊まろうとしていた。

「ごめん」

その声に北品川の飯盛旅籠富士見屋の牛太郎《ぎゅうたろう》が顔を見せ、しばらく小籐次の風体を見ていたが、

「旦那、金は持ってましょうね」

と疑いの声を上げた。

「女はだれでもよい。泊まりだ」

一両を相手の手に押し付けた小籐次が、

「大徳利で酒を部屋に運べ」

と命じた。

しばらく赤目小籐次の顔と手の小判を交互に見ていた牛太郎が、

「へえっ」

と間の抜けた声を上げた。

第五章　品川浜波頭《なみがしら》

一

この朝、小城藩の大名行列が幸橋内の上屋敷を出立したのは七つ半（午前五時）前のことであった。

普段の参勤よりもはるかに人数が多く、四百七十余名の御親類、親類格、家老、番頭、馬乗士、平士、医師、足軽・小者と緊張をそれぞれの面上に掃いて幸橋を渡り、御堀端から芝口橋まで下って、東海道に出た。

お先三品の鑓、鉄砲、弓隊がまるで戦場に向かう様相で進軍し、その前後左右を騎馬の家臣が殺気立って警戒に当たった。

鍋島直尭の御駕籠の周りはさらに一段と厳しい警戒が敷かれていた。

徒先に黒羅紗《ラシャ》の鞘が嵌った十文字御鑓と黒摘毛の鞘の御鑓が二本並び、家紋の角取り杏葉の入れられた御立傘が髭奴に担がれていく。そして、御鑓と御駕籠の周辺には二重に徒歩藩士たちが守りを固めていた。

むろん、この全員が肥前小城まで同行するわけではない。当面の様子を見たうえで半分の人数に減らす考えであった。

江戸家老の水町蔵人と留守居役の伊丹権六も六郷の渡しまで藩主一行を見送る名目で同道していた。赤目小籐次の攻撃をなんとしても阻止する、それを見届けたかったからだ。

この正規の行列の供揃えとは別に、藩武術の八幡流剣術秋野富三郎と柳生新陰流の能見五郎兵衛に指揮された二十四人の手練れが密行して従っていた。

むろん、浪人姿などに身を窶《やつ》して三人一組で行列の周辺に目を光らせているのだ。

殺気立った一団が東海道を品川宿へと向かうのに、豊後森藩の留守居役糸魚川寛五郎と下屋敷用人高堂伍平が怯えた顔で付き従っていた。

昨夜、突然高堂老人は留守居役の糸魚川の訪問を受けた。そして、聞かされた話に動転した。

「留守居、あの赤目小籐次がそのような大それたことをしでかすはずもありませぬ。屋敷を離れたはよいが、世間は厳しいと泣き言をいうて戻ってくるような気がして待っておるところです」

「馬鹿を申せ。過日、そなたから上げられた赤目小籐次の解雇の届けは、失態此有りて馘首《かくしゅ》として確かに受領した。もはや赤目小籐次は当家とはなんの関わりもないゆえ、さよう心得よ」

と宣告した口の裏から、

「用人、明日は小城藩の行列に従い、なんとしても赤目小籐次を見つけ出し、あやつの企みを中止させねばならぬ。その上であやつが奪取した御鑓三本を丸亀、赤穂、臼杵の三藩にお返しせねば、豊後森藩の今後はないぞ」

と、他家の同役から昼行灯と評される糸魚川が言った。

「留守居、赤目小籐次はもはや当家とは関わりなき存在なれば、われらが動くことおかしゅうはありませぬか」

「へ理屈を抜かすな。三藩からの厳しい申し入れだ」

江戸家老の宮内積雲と糸魚川は使者の古田らが帰った後、参勤下番の最中の久留島通嘉に宛て、なんとも難しい書状を書き認め、乗馬の巧みな藩士二人を選んで国許に下向途中の行列に向けて出立させていた。

その足で下屋敷を訪ねた糸魚川は、幸橋でほとんど寝る間もなく小城藩の行列を待ちうけたのだ。

「お待ちあれ」

ふいに行列の周りを警戒する一文字笠の藩士から、糸魚川と高堂の二人に声がかかった。

「そこもとらは先ほどから行列に従って歩いておられるようだが、なんぞ用事か」

「近頃めずらしく威勢がよい行列にお目にかかり、感服して見ておるところにござる」

留守居役の糸魚川がすかさず応対した。

「お通行の邪魔である。十分に見物なされた様子でござれば、早々に行列から離れられい」

険しい表情の藩士が脅かすように言い放った。腰に差された剣には柄袋などかかっておらず臨戦態勢を示していた。

二人は行列から少し間を置いた。

「糸魚川様、かように警戒が厳しい行列をどうして赤目小籐次が独りで襲うというのです」

「用人、おれとて想像もつかぬわ。だが、赤目が三家の行列を襲って何人もの家臣に死傷を与え、見事に御鑓を奪ってきたは確かなこと」

糸魚川の語調はどこか得意げに聞こえた。

「あやつ、さような腕の持ち主か」

「なんでも赤目家には来島水軍流が伝わっているとは聞いておりましたが、まさか何百人を相手に孤軍奮闘するほどの腕前とは夢想もしませんでした」

そう答えた高堂用人は、

「あやつ、大酒の会に参加したときから大それたことを考えておったのですな」

と言うと首を傾《かし》げ、

「なぜまたさようなことを丸亀、赤穂、臼杵、さらには小城藩に仕掛けておるのですな」

と訊いた。

糸魚川は赤目小籐次が、

「無法にも藩に迷惑をかける所業を続けている」

と説明したが、動機は未だ話していなかったのだ。

「用人、他人に申すでないぞ。当家の恥であるゆえな」

と前置きした糸魚川が、赤目小籐次と藩主通嘉のただ一度の出会いと動機を語り聞かせた。

「なんと春先の遠乗り騒ぎの折のことが発端にございますか」

「その他に通嘉様と小籐次の関わりなど考えられるか」

「ございませぬ」

「であろう。通嘉様はその日、城中で受けた辱めを家中のわれらには黙っておられたが、腹の中では憤激なされて哀しみに耐えておられたのであろうよ」

「それで独り早駆けに出向かれましたか」

「それを赤目が追い、なぜか謂《いわ》れは知らぬが、通嘉様の哀しみを赤目が察知した。それがすべて騒ぎの始まり……」

「待って下され。思い出したことがございます。小籐次と通嘉様にはただ一度の縁しかございませぬが、先代の通同様とはございますぞ」

「用人、なんのことだ」

「今から十六、七年も前、下屋敷から上屋敷に使いに出た赤目小籐次が台所で酒を酔い喰らい、亡くなられたご家老磯村主馬様にこっぴどく罵られたうえに手討ちにすると迫られた。その折に、通同様のお言葉によって一命を助けられた出来事がございませんでしたか」

「あった！」

と叫んだ糸魚川が、

「あの者が赤目小籐次であったか」

「それがし、あやつからその経緯を聞き知ったのでございます」

「あやつ、先代の通同様から救われたことを恩義に思い、当代の通嘉様の恥を雪がんと奮闘しておるのか」

二人は雑踏の中で顔を見合わせた。

行列はどんどんと進んでいた。

二人は慌てて後を追った。

「留守居、赤目小籐次はどうなるので」

高堂用人がふいに聞いた。

「なにっ、赤目がどうなるかじゃと。森藩を苦境に追い込んだ張本人じゃぞ。四家の方々が始末は決めなさろう」

「糸魚川様、小籐次は森藩の面目を、通嘉様の恥辱を雪がんと独り動いておるのですぞ。世が世であれば、あっぱれな武者ぶりではありませぬか。文化の御世にどこの家中にそのような気概のある侍がおるというのです」

高堂の激しい言葉に糸魚川の返答は遅れた。

「それはわしとて分っておる。だが、赤目小籐次は家中の人間と森藩が居直ってみよ。元禄の御世、赤穂浅野家が辿ったと同じ道をわれらも歩むことになる。小なりといえども森藩の家中三百余名、その家族はたちまち路頭に迷うことになる」

高堂伍平もそう言われれば返す言葉もない。

「赤目小籐次に、騒ぎのすべてを負わせて腹を切らせるしか道はございませぬか」

「わしにもわからぬ」

糸魚川寛五郎の声も哀しく響いた。

同じ刻限、北品川宿の飯盛旅籠の二階の一室では女郎の高鼾が響いていた。

昨夜、赤目小籐次にあてられた飯盛女は年も三十を大きく超えたうえに腹も三段に重なるような大女だった。それに顔も目も口も鼻も大振りで、てんでんばらばらに配置され、お多福顔であった。お世辞にも愛らしいなどとは言いかねる醜《しこ》女《め》だった。

「お客さん、泊まりかねえ」

どたりと腰を下ろした女郎に赤目小籐次が名を聞いた。

「おまんだ。朋輩にはお多福おまんと呼ばれておるがねえ」

とけたけたと笑った。

「おまん、酒を頼んでおる。持ってきてくれ」

「あいよ」

と答えたおまんが襟口から手を突っ込んで乳房の下をぼりぼりと掻きながら、

「菜をなんぞ用意するかい」

「酒菜《さかな》は古漬けがあればよい」

「一晩一両も払って遠慮することもあるまい」

「その分、酒を切らすでない」

「へえよ」

おまんが部屋を出ると小籐次は、懐の道具と次直と無銘の脇差を床の間に置き、その上に破れた菅笠を被せた。さらに腰にぶらさげてきた真新しい草鞋をかたわらに投げた。

おまんが大徳利に茶碗を二つ、丼に青菜漬けと大根の古漬けを山盛りにして運んできた。

「それでよい」

小籐次は右手一本で茶碗をとると胡坐をかいた膝の前におき、大徳利で酒を注いだ。

「おまんも飲め」

小籐次はそういうと茶碗酒を口に運び、

すいっ

と流し込んだ。

「お侍」

とおまんが呼びかけた。飲み干した茶碗を下ろした小籐次の動作をおまんが見て、

「怪我をしていなさるね」

と言い当てた。

「よう分ったな。左肩を斬られ、脇腹の骨を痛めておる。痛みは酒がとってくれよう」

その言葉を聞いたおまんがまた部屋から出ていった。

小籐次は新たな酒を注いで飲む。

酔いが赤目小籐次の満身創痍の小さな肉体に陶然と回ってきた。

おまんが晒し布や焼酎などを両手に抱えて戻ってきた。

「汗染みた袷を脱ぎなっせ」

「うーむ」

と答えた小籐次は、おまんが治療をしてくれようとしているのに気付くと立ち上がり、道中袴を脱ぎ、帯を解くと袷を脱いで褌《ふんどし》一丁になった。

体《なり》は小さいが鋼のような皮膚が筋肉を覆い、しなやかにも強靭《きょうじん》に鍛え上げられていることを物語っていた。

おまんは息を呑んで小籐次の裸を眺め、恥ずかしそうに顔を赤らめると患部を探した。

脇腹が赤く腫《は》れ上がっていた。

手拭の当てられた肩口は血塗れだった。

「なんという御仁やろか」

おまんが呟くと、肩口の手拭を剝ぎ取り、ようやく塞がりかけた傷口に焼酎をかけて消毒した。そして、膏薬《こうやく》を塗り込むと晒し布で手際よく左腕から肩を縛った。

「あまり強く巻くでないぞ。動けぬといかぬでな」

「酒を飲むには右手一本あれば十分じゃろうが」

おまんは、脇腹の腫れ上がった箇所に野草を練り合わせたような練り薬を塗布し、晒し布で巻いてくれた。

「ひんやりしてなんとも気持ちがよいな」

礼を述べた小籐次は、おまんの茶碗に酒を注いだ。

「おまえ様も酒が好きとみえるな」

「おまんも好きか」

「男も金もいらぬ。酒があればこの世もそう悪いもんでもねえよ」

「とは申せ、好きなだけ酒が飲めた例《ためし》などそうあるものでもない」

「違えねえ」

二人は漬物を菜に茶碗酒でぐびりぐびりと呷《あお》った。

大徳利が底をつき、おまんがよろよろと注ぎ足しにいった。二本目の大徳利が空になるころ、おまんが、

「おまえ様、床入りはどうなさるね」

と呂律《ろれつ》が回らなくなった口で聞いた。

「そなたと一緒じゃ、女はいらぬ。酒があれば極楽よ。そなた、眠たければ勝手に休め」

「ならばもう一本酒を注いでこようかねえ」

よろめくように階下に下りたおまんが、両手で大徳利を抱えて部屋に戻ってくると、

「おまんの肌は餅肌じゃぞ」

と胸から大徳利を離すと小籐次に渡し、布団の上に倒れ込んだ。

赤目小籐次は、おまんの鼾を聞きながらただ酒を飲んだ。

小籐次には思慕の女《ひと》がいた。

森藩下屋敷近くの旗本五千七百石、水野監物《けんもつ》家のお女中だ。今から十五、六年も前に芝二本榎の辻で擦れ違い、一目惚れした。

肌が透き通ったように白い顔の娘は奉公に上がったばかりの十六歳であった。

小籐次はそれまで好きな女ができることを避けてきた。

容貌醜く矮軀の上に三両一人扶持の徒士が所帯を持てるわけもない、と諦めていたからだ。

その娘、おりょうを見たとき、小籐次の全身は雷にでも打たれたように硬直した。

声をかけようとか、所帯を持とうとか、大それた望みはない。

ただ一年か二年に一度、通りで擦れ違うだけで小籐次は満足してきた。

想い女《びと》がいるというだけで小籐次は満ち足りた気分だった。

だが、此度の騒ぎでおりょうとの再会もなくなったと、それだけが哀しかった。

肥前小城藩の行列は増上寺の門前を通り、金杉橋から芝橋を渡り、潮騒が耳に聞こえる浜沿いの街道へと出てきた。

その時分、すでにうっすらと夜が明けはじめ、七つに旅立った人々が品川の海を眺める街道に差し掛かっていた。

「なんでえ、この物々しさはよう」

「小城藩の行列かえ。血相変えて戦にでもいく気かねえ」

江ノ島見物の職人衆が呆れ顔で行列を見ていた。

「待てよ、伴五郎。おめえ、近頃、大名家の御鑓を集めている老武者がいるという話じゃねえか」

「聞いたぜ、助八。なんでも丸亀藩、赤穂藩がやられたってねえ」

「それに臼杵藩も川崎宿でこっぴどい目に遭ったらしいぜ」

「ということはよ、鍋島様もそいつを警戒してのことかえ」

「どうもそんな按配だぜ」

「しめた！」

「なにがしめただ」

「ひょっとすると、面白い見世物が見物できるかもしれねえじゃねえか」

「おおっ、そいつは確かだ。ならば、行列を遠巻きにして品川道中と洒落《しゃれ》るかえ」

好き勝手なことをいう旅人たちが、小城藩の道中の後をぞろぞろとついていった。

小城藩の道中奉行（番頭格）持永次郎三郎は、配下の者にぞろぞろと従う人の群れを追わせたが、

「なに言ってやがんで。天下の大道を歩くのに、なんでおめえさん方の指図に従わねばならねんだ。こちとら、江戸っ子だよ。二本差しが怖くて田楽が食えるか」

と反対に剣突を食らわされた。

小城藩にとって大事の前に騒ぎなど起こしたくない。言い負かされて引き下がるしか手立てはなかった。

報告を受けた持永も苦虫を嚙《か》み潰した顔で、

「致し方ないか」

と後に従う無数の人の群れを追うことを諦めた。

なんとも落ち着きのない刻が過ぎていく。行列の藩士たちも一様に気忙しい想いにかられていた。

「糸魚川様、これではまるで縁日にございます。赤目小籐次が行列を襲うことなどまず無理にございましょう」

「おれもそうは思うがのう」

糸魚川も高堂に答えて、行列の先頭を見た。

お先三品は、すでに大木戸を抜けて北品川宿にさしかかっていた。

赤目小籐次は飯盛旅籠の富士見屋の厠《かわや》で小便を済ますと、再びおまんの高鼾が続く部屋に戻った。

おまんが治療してくれたおかげで、左肩も脇腹も痛みが薄らいだように思えた。

次直を床の間から摑むと、大徳利の酒を柄に吹きかけた。

脇差も同様に湿した。

片膝を畳の上で突いた小籐次は、草鞋を裸足にしっかりと履いた。

破れた菅笠を被り、紐を締めた。

最後に碇が結わえられた麻縄に、残った酒をたっぷりと吹きかけた。

これで仕度はなった。

(通嘉様、最後の御鑓を拝借に参りますぞ)

と胸の中で言いかけた赤目小籐次は、廊下に出た。

おまんと小籐次が一夜を過ごした部屋は街道には面せず、海側を向いていた。

それは承知のことだ。

小籐次は、厠のかたわらの戸を引き開けると庇《ひさし》に出た。そうしておいて隣の旅籠へと飛び移った。そうして品川の海沿いに連なる旅籠、商店の屋根や庇を伝いながら、歩行新宿の荒物屋小七方の屋根までくると腰を下ろした。

すでに街道には多くの旅人が往来する気配があった。

荒物屋の北隣は桶屋の仙之助方だ。

赤目小籐次が品川宿を調べ歩いて襲撃場所に決めた地点だ。

東海道をはさんだ西側には法禅寺の屋根がうっすらと見えた。そして、その背後には若葉の御殿山が屏風のように広がっていた。

海風が酒の酔いを静かに醒ましていった。

大徳利の酒を一升五合ばかり飲んでいた。

小籐次にとってはほろ酔い気分の量だ。

「なんだかよ、喧嘩仕度の行列がやってくるぜ」

「なんで、ああ武張ってやがんだ」

「出入りじゃねえか」

「毛槍を立てて、出入りかよ。どこの行列だえ」

「肥前小城藩七万三千石の鍋島様の国帰りだとよ」

「西国肥前たあ、遠いな」

「唐天竺に聞こえるぜ」

そんな声が赤目小籐次の耳に響いてきて、碇をつけた麻縄を手に屋根を這い上がっていった。

二

森藩留守居役糸魚川寛五郎と下屋敷用人高堂伍平老人は小城藩の参勤行列にいつの間にか先行して、法禅寺門前に佇んでいた。

「留守居、通嘉様が赤目小籐次の所業を知られたら、どう思われると考えられますな」

「急使の届けた文を読まれたら、驚愕なされるであろうな」

「驚かれるだけですか」

「同じ詰之間の方々の危難を、これ以上大きくしてはならぬと考えられるであろう。殿は心優しきお方ゆえな」

「それもございましょうが……」

高堂用人の声には不満の様子が窺《うかが》えた。

糸魚川は用人のしなびた顔を見た。

いつもは算盤を弾いて内職の計算ばかりをしている用人の顔が、どこか生き生きしていた。

「小城藩をはじめ、当家よりも禄高の高い大名四家を徒士一人がきりきり舞させておるのですぞ」

「心のうちでは赤目小籐次、やりおったと快哉を叫ばれるやも知れぬ。だがな、用人、冷静に立ち戻られたとき、どう始末をつけたものか、大いに頭を悩まされることであろうぞ」

高堂用人の蘇った顔がふいにしなびた。

「赤目小籐次は森藩にとって厄介者ですかな」

「もはや藩とは関わりなき存在だぞ」

「その者の行動にわれらが出向いてきております」

「言うな、用人。これが小名の奉公人のつらいところだ」

高堂用人は通りに視線を戻した。

荒物屋小七と看板がかかった屋根に破れた菅笠を被った赤目小籐次の大顔が、

ひょいっ

と覗いた。

「出おったわ」

高堂用人の声に糸魚川が視線の先を見て、

「赤目小籐次」

その小さな声は驚きを示していた。

話を聞かされ、森藩が苦境に陥ったことは承知していても、小城藩襲撃が現実に起こるとは到底思えなかったからだ。

小籐次も留守居役の糸魚川寛五郎と高堂伍平用人を見た。そこにいるだけで二人の用向きを承知した。

小籐次はただ二人に頷き返した。

「赤目」

と呼びかける糸魚川に会釈した赤目小籐次が屋根の向こうに姿を没した。

赤目小籐次は海側に傾いた屋根に這い蹲るようにして、北品川から歩行新宿に向かって屋根をするすると移動していった。

「寄れ寄れ！」

通りからはお先触れの発する制止の声が聞こえてきた。

だが、小籐次はなおも屋根を移動し続けた。すでに立ち上がれば肥前小城藩七万三千石の四百七十余人の大行列が見えるはずだ。

（頃合か）

赤目小籐次は小さく息を吐くと、碇を結んだ麻縄を手に屋根の上に立ち上がった。

斜め下に鍋島直尭を乗せた御駕籠があって御近習衆や旗本衆が周りを固めていた。

そして、黒羅紗の十文字御鑓と黒摘毛の鞘を被った御鑓が二本並んで徒先に立っていた。

怪しい気配に行列の一行が屋根を見上げる。

小籐次は反対に見下ろした。

ぽかんとした驚きの顔がいくつもいくつも並んでいた。

小さな体の小籐次は胸を張った。

「小城藩鍋島直尭様とご家中の方々に申し上ぐる。体面の御鑓一筋、暫時の間拝借申し上ぐるものなり！」

赤目小籐次の声が品川宿に凜《りん》と響き、悠然と右手に提げた碇を回し始めた。

「おっ、出おったぞ！」

「ひっ捉えよ！」

「槍で突き殺せ！」

行列の間からいろいろな命が一時に飛んだ。

小籐次の手先から麻縄に結ばれた碇が虚空を飛んで、海側に立つ十文字御鑓の黒柄に絡んだ。

その瞬間、小籐次の気合が響くと手首が返された。

御鑓が髭奴の手を離れて宙に舞い、小籐次の手元に引き寄せられた。

「わあっ！」

「やりやがったぜ！」

「名人、千両役者！」

「御鑓を取戻すのじゃぞ！」

家中の者の悲鳴と見物人の無責任な喚声が品川宿に響いた。

小籐次は右手の縄を捨てた。同時に引き寄せた御鑓を左手に摑み、脇差を一閃させると御鑓のけら首を斬り落とした。

斬り飛ばされた黒柄が居酒屋いもやの屋根をからからと転がって、行列と見物人の間に落ちていった。

道中奉行の持永次郎三郎は行列の先頭で騒ぎを知った。

「馬首を回せ！」

馬丁に怒鳴ると人が込み合う通りで馬首を巡らし、騒ぎの場へと走り出した。

江戸家老の水町蔵人と留守居役の伊丹権六は御駕籠の後、十数間のところから赤目小籐次の早業を見た。

「伊丹、出おったぞ」

水町の声には驚愕があった。

「なんとしても取戻さねば」

伊丹は同行を命じた密行の捕縛隊を目で探した。

小城藩では赤目小籐次を捕縛するために、供揃えとは別行の捕縛隊を行列の周辺に散らせていた。

藩武術の八幡流剣術師範の秋野富三郎と柳生新陰流免許皆伝の能見五郎兵衛に指揮された二十四人の面々だ。

そのときには行列のかたわらを走り出した者たちがいた。

（よし、なんとしても赤目小籐次を捕縛してくれ）

祈るような気持ちで捕縛隊を見送った。

小籐次は脇差を鞘に納めると、黒羅紗の鑓鞘を行列に向かってさらに投げ捨て、屋根の上を北品川から歩行新宿に向かって飛ぶように走っていた。

「追え、追うのじゃ！」

「逃がすでないぞ！」

「行列を整えよ、進むのじゃあ！」

一瞬のうちに混乱に落ちた行列のあちこちからいろいろな命が飛び交っていた。

赤穂藩のお先頭の古田寿三郎、臼杵藩の用人見習村瀬朝吉郎、それに丸亀藩の道中目付支配下の黒崎小弥太の三人は、打ち揃って法禅寺の北隣の善福寺の門前の石段の上から赤目小籐次の御鑓拝借の行動を見ていた。

「あやつ、とうとう四本目の御鑓を奪い取りましたぞ」

箱根の関所前の騒ぎ以来の付き合いの深い小弥太が呻くようにいった。

「鮮やかな手並みと申せましょうな」

村瀬も感嘆の声を上げた。

二人の胸の中には自藩が陥った危難の状況とは別の感情、赤目小籐次の行動を賞賛する気持ちが込められていた。

「黒崎どの、村瀬どの、参りますぞ」

三人のうちで年長者の古田寿三郎が赤目小籐次を追うことを思い出させた。

「あやつ、どうやって逃げる気か」

村瀬の発した疑いの言葉を二人も感じつつ、赤目小籐次を立ち騒ぐ品川宿の通りに追った。

三人一組になった捕縛隊が、赤目小籐次の立っていた荒物屋小七方の裏手に回り、裏長屋が並ぶごみごみした路地から屋根を見上げた。だが、迷路のように入り組んだ路地からでは見通しが悪く、屋根は見えなかった。

「見通しのよき海に出よ!」

命が飛んだ。

だが、迷路をうねり曲がって海岸に出ようとした面々は、蛇行する目黒川の高い川岸に遮られて海岸に出ることはできなかった。

「戻れ、通りに戻るのじゃあ!」

混乱する追跡の者を余所目《よそめ》に、赤目小籐次は屋根の上を軽やかに走っていた。

おまんが治療してくれたお陰で一時去っていた脇腹の痛みが、再びずきずきとし始めた。だが、朝の潮風を全身に受けて走る小籐次は、爽快な気分だった。

(通嘉様、約束どおりに通嘉様が四家の方々に受けられた辱めをお返ししました

ぞ。あとは仕上げを残すばかりにございます)

歩行新宿に入った小籐次は、脇本陣の手前の煮売屋喜平方の裏口へと飛び降りた。

猪牙舟を舫った水路はすぐそこだ。

赤目小籐次は辺りを見回し、人の気配がないのを確かめると水路への最後の道を辿った。

水路の口が見えて、その手前に網干《あぼ》し場が広がっていた。

夜通し干された魚網の陰に三人の男が立っていた。

赤目小籐次の足が止まった。

「赤目小籐次、そなたの所業もこれで終りだ」

三人とは別の場所から声がした。

網小屋の陰から巨漢の侍が出てきた。どっしりとした落ち着きを見せる武家は四十歳そこそこか。

「小城藩を甘く見おったな、下郎」

「そなたは」

「小城藩剣術八幡流師範秋野富三郎である」

と巨漢が名乗った。さらに、

「その門弟国松紋次郎」

「竹中鶴平」

「三留大五郎」

赤目小籐次を囲んだ三人も名乗りを上げた。

「来島水軍流赤目小籐次にござる」

「山に上がった海賊上がりの剣法か」

秋野が蔑むように言った。

赤目小籐次は小城藩の十字鑓を左手に提げ、右手で次直を抜き放った。そして、次直もまただらりと提げた。

小籐次は秋野富三郎を七分に見て、残り三分の警戒を三人の部下においた。

時間の余裕はなかった。

表の行列に戦いの気配を悟られれば多勢に無勢、赤目小籐次の終りだ。

反対に四人には仲間を待つ余裕があった。

秋野富三郎はその行動を起こそうとはせず、長剣を悠然と抜いて正眼に構えた。

四人で、いや、一人で倒せる自信がそうさせたのだ。

「参れ」

秋野が小籐次に呼びかけた。

「お相手致す」

小籐次は七三に置いた姿勢を秋野に向け直した。

その一瞬、三人の門弟がふうっと緊張を緩めた。

小籐次の左手の十文字御鑓が気配もなく下手投げに投げられ、魚網の陰に立った国松の胸に突き立った。

げえぇっ
その瞬間、赤目小籐次が走った。走りながら次直を両手に保持しなおすと、網陰から出ようとした三留大五郎の脇腹を撫で斬っていた。

ううっ
二人目の叫びが起こった。

来島水軍流の正剣の一手、

「流れ胴斬り」

だ。

竹中鶴平が干された魚網を掻き分けて、赤目小籐次の喉元に突きを入れた。だが、網のせいで切っ先が狂ってわずかに外れた。

三留の胴を抜いた次直が反転して竹中の首筋を反対に裂いていた。

「漣《さざなみ》」

が決まって、一瞬のうちに三人の小城藩家臣が倒された。

「おのれ!」

小城藩の武術八幡流師範の秋野富三郎は、三人の配下が倒されたことに激昂して平静を失った。

正眼の大剣を上段に移すと、振り返った赤目小籐次に向かって走った。

古田寿三郎らは通りから路地を抜けて網干し場に出た。すると前方で赤目小籐次が三人目の竹中の首筋を鋭く裁ち斬った瞬間だった。

三人は足を止めて、赤目小籐次と秋野富三郎の戦いに見入った。

なんと秋野の豪快な上段から振り下ろしの斬撃の下に、赤目小籐次は、
するする
と大胆にも矮軀を入れたのだ。

六尺余の秋野の内懐に潜り込んだ小籐次はさらに腰を沈めて、次直を斜めに斬

り上げた。上段からの振り下ろしを寸余のところで躱《かわ》した次直が、秋野の胸を右から左へと斬り上げた。

うっ！

と巨漢の武術家が一瞬硬直したように立ち竦んだ。

次直がさらに虚空で翻り、右肩口を深々と斬り下ろしていた。

凄まじい太力筋だ。

古田寿三郎も村瀬朝吉郎も黒崎小弥太も、改めて赤目小籐次の剣に驚愕していた。

「来島水軍流波頭」

の言葉が洩れて、小籐次は国松紋次郎の胸に突き立った十文字御鎗の穂先を抜いた。

そのとき、小弥太が、

「赤目小籐次どの、赤穂藩と同じく丸亀、臼杵の両藩もそなたの望みを果しますぞ！」

と叫びかけた。

赤目小籐次がちらりと黒崎小弥太を見た。だが、無言で身を翻すと水路下に止めた猪牙舟に飛び乗った。

古田ら三人が水路のそばに走り寄った。

すると舫いを外し、竿を使った小籐次が、水路から品川の海へと猪牙舟を乗り出した。

「赤目小籐次どの、それがし、一人で約定の場所に訪れますぞ！」

再び叫んだ小弥太の声は小籐次に届いていた。だが、猪牙舟からは櫓の軋《きし》む音が響くばかりで、小舟は騒乱の品川の海を大川河口へと遠ざかっていった。

三人はしばらく無言で舟を見送っていた。

そこへ小城藩の師範の面々が抜刀してどっと駆け込んできた。

「な、なんと師範の秋野様が斬られておるぞ」

「こちらでは竹中どのら三人が」

「赤目小籐次なる下郎はどうした」

小城藩の家臣たちの殺気立った目が三人を捕らえた。

「そのほうらは何者か」

古田寿三郎が振り向くと、

「そなたらの朋輩と赤目小籐次が剣を交えた戦いを見物した者にござる」

「なにっ！」

「赤目小籐次はどうした！」

響き渡る詰問に古田の視線がゆっくりと海を見た。

「ほれ、あれに浮かぶ猪牙舟に乗っておるのが赤目小籐次にござる」

「な、なんと海に逃げたか」

何人かが行列への注進に走り戻った。

残った者のうち、頭分が、

「そこもとらは赤目小籐次の朋輩か。ならば同道して詮議致す」

と叫ぶと同時に、仲間が三人を取り囲んだ。

「間違いめさるな」

と静かに窘《たしな》めた古田が、

「それがし、赤穂藩家臣古田寿三郎にござる」

「丸亀藩黒崎小弥太にございます」

「臼杵藩村瀬朝吉郎と申す」

と名乗りを上げた。

「なにっ、丸亀、赤穂、臼杵藩のご家臣とな」

「そこもとらと立場は一緒にござる」

と答えた古田が、

「行列に江戸家老水町蔵人様と留守居役の伊丹権六様が同道されておるやに聞く。面会したく存ずる」

と申し出た。

三

翌朝四つ（午前十時）、新橋近くの讃岐丸亀藩江戸屋敷を、肥前小城藩の江戸家老水町蔵人と留守居役伊丹権六が悄然と訪ねた。

すでに奥座敷には当家の江戸家老多門治典、留守居役の花山大膳、臼杵藩江戸家老水村彦左衛門、留守居役瀬戸内丹後、赤穂藩江戸家老武石文左衛門、留守居役羽村大輔ら三家の要人六人が顔を揃えて待っていた。

昨夜の混乱の品川宿で古田寿三郎がお膳立てした結果だ。

二人は座敷に通されると疲労し切った顔を畳に下げた。

「過日はお手前方の訪問に大言を発し、大変申し訳なく存じ候。お詫び申す、このとおりでござる」

水町の声は重々しく響いた。

「水町どの、伊丹どの、お顔を上げられよ。それでは話もできぬ」

丸亀藩の江戸家老多門が余裕を見せて言いかけ、二人の訪問者が顔を上げた。

「まさかお手前方が予測なされた結果に、われら小城藩が陥るとは……」

水町の言葉には無念の思いがあった。未だ信じられない、いや、信じたくないという思いに満ち満ちていた。

「まったくもって、赤目小籐次に四家が煮え湯を飲まされた」

臼杵藩の水村が呻くように言った。頷いた水町が、

「過日の同盟に、われら小城藩も加えて頂きたく、恥を忍んで参った次第にござる。いかがかな」

と用件を述べた。

「鍋島直尭様は承知なされたか」

「昨夜、神奈川本陣にてとっくりとご相談申し上げた。直尭様は元々正月二十八日の出来事をその日のうちにわれらに話され、後味が悪いことであったと洩らされていた経緯がござる。直尭様は昨日の騒ぎの原因を聞かされると、久留島通嘉

様はよき家来をお持ちかなと嘆息なされた……」

此度の騒ぎに関わった五家の大名の中でも鍋島直尭は十八歳と若い。若いだけに感受性も鋭敏であったということだろう。

直尭は水町から事の真相を知らされると、

「城中の出来事が、かような大騒動になろうとはな」

と驚愕した後、先ほどの感想を述べたのだ。

だが、家中の供侍の一部は、

「直尭様、感心なされる場合ではございますまい。武術師範の秋野富三郎どのら四人があやつ一人に斬り殺されたは、小城藩始まって以来の恥辱にござる。なんの顔《かんばせ》あって国表に帰国できようや。われら小城藩一同、草の根分けても赤目小籐次なる下士を探し出し、素《そ》っ首を刎ねた後、御鑓を取り戻すまでにござる」

「いかにもさよう。直尭様、お許しあれ」

と若い藩主に迫ったのは、親類格の田尻藤次郎らだ。

「田尻様、お待ちあれ。もしそなた様方が赤目小籐次を追って江戸に引き返されるなれば、騒ぎの行く末を密かに見届ける公儀の思う壺にござろう。府内にて騒ぎを大きくした張本人として小城藩に咎めがくるは必定」

「水町どのは公儀の沙汰を恐れて、武士道をないがしろにされる気か。われら小城の家臣は幼少より死ぬ時と場所を見つけるために修業に励んできた者たちにござる」

と田尻が水町に詰め寄った。

「お気持ちは重々お察し申す。じゃがそなたらの行動を認めれば、小城藩七万三千石のみならず佐賀本藩三十五万七千石にもお沙汰が下ろう」

「面目を潰され、藩が生き延びたとしても、もはや葉隠魂は地に落ちたも同然。生きる価値もないわ」

親類格として道中に従い、十八歳の直尭の後見役を任じている田尻は強硬にも吐き捨てた。

一座の雰囲気もまた、田尻の意見に傾こうとしていた。

だが、それを認めれば、もはや小城藩は改易をも覚悟せざるを得なくなる。

水町と伊丹は必死で抗弁した。

「待て」

と一座を制止したのは直尭だ。

「蔵人、そなたはいかにして事を納めようと言うか」

「かような騒ぎの解決に動くのが留守居役にございます。すでに丸亀、赤穂、臼杵の三藩は連携して森藩とも折衝しておりますれば、穏便に御鎧を取り戻すことが先決かと存じます」

「手緩《てぬる》い！」

　と叫ぶ田尻に直尭が視線をやり、

「叔父上、ここは江戸の蔵人たちに処置を願おう。元々、この切っかけを作ったは、われら四家だ」

「殿は四家の中でも断然十八歳と若うござる。それに馬鹿馬鹿しき話を主導なされたわけでもなし、中心となって久留島通嘉どのを侮蔑した臼杵藩の稲葉家と一緒になって、なぜ同盟を結ばねばなりませぬか」

「叔父上、考えてもみよ。わが藩の騒ぎは府内の品川宿で起こったのじゃぞ」

「そこでござる。すでに江戸じゅうが小城藩の醜態は知り申しておる。ここで行動せねばわれら小城藩の面目が立ち申さぬ」

　田尻は先ほどと同じ意見を繰り返した。

「小城藩は取り潰しの憂き目に遭いまする」

「致し方なし」

田尻は水町の抵抗を一蹴した。

直尭も田尻の強硬意見に困惑するばかりだ。

顔面蒼白の水町が姿勢を正して一息入れた。

「田尻どの、とくとお考えあれ。われら小城藩は佐賀本藩を中心に蓮池鍋島、鹿島鍋島、当家小城鍋島と佐賀の武家諸法度というべき『三家格式』を天和三年に制定して、その規範に従い行動してき申した」

「それがどうした」

「本家の意向は大事にござる。此度の騒ぎの一件、佐賀藩惣仕置《そうしおき》(筆頭家老)の多久茂忠様と相談してござる」

「なにっ、蔵人。本藩の多久どのと相談したというか」

直尭が驚きの声を発した。

水町は赤穂藩の古田寿三郎と面談した後、急ぎ江戸に引き返して佐賀藩の多久と会談していた。

「恐れながら内々に」

「多久どのはどう申された」

「府内で騒ぎを大きくすることは自重せよと申されました。また外交にて解決の目処《めど》が立つなればその道を探れと」

「本藩としたことが生温《なまぬる》うござる」

田尻の舌鋒がわずかに鈍った。

「四家の留守居外交に合わせ、本藩でも幕閣に働きかけるとも申されました」

一座に重い沈黙が漂った。

それを破ったのは直尭だ。

「蔵人、権六。三藩と連携して穏便なる解決の道を探れ」

事が決した。


「お若い直尭様がよう決断なされた。感服申す」

と応じた多門が、

「直尭様は、久留島通嘉様に謝罪状をすでにお書きになられたか」

「そこもとらの行動を推測するに、一通の詫び状に三家の大名方が署名花押をなすのではござらぬか」

「いかにも」

多門が答えた。

「そこもとらの使者を小城藩の行列に立ち寄らせて下され。最後に直尭様が署名致すことでいかがかな」

小城藩の行列は最後に江戸を出ていた。江戸から急使を立てれば道中のどこかの宿場で会うことはできた。東海道は一本道、それに大名家の行列だ。見逃すはずもない。

多門はこの決定に一抹の不安を感じながらも、

「承知してござる。早急に手配致す」

と答えていた。

水町蔵人と伊丹権六は丸亀藩の屋敷を出た。だが、御堀端に乗り物が差し掛かったとき、伊丹が乗り物を降りて、先行する水町の乗り物のかたわらに徒歩で従った。

「ご家老」

伊丹の呼びかけに水町が引戸を開け、顔を見せた。

「六郷の渡しから江戸屋敷に戻された家臣の中には、田尻様の意を受けた連中がおるとの情報がございます」

「秋野富三郎の門弟であった連中じゃな」

「はい。赤目小籐次の捕縛隊の中心になった面々が十人余り江戸屋敷に戻っております。あの者たち、直尭様が署名なさる前に赤目小籐次の首を落とすと息巻いておるそうにございます」

「そやつらをなんとしても鎮めねば、折角の直尭様のご英断が無意味になるばかりか、本藩にも三家にも迷惑をかけるぞ」

「なんぞ知恵を絞らねばなりませぬな」

乗り物に従いながら、伊丹は黙々と思案を巡らしながら歩いていった。


水町と伊丹の心配はすでに現実のものとなっていた。

朝方、二人の乗り物が幸橋御門内の屋敷を出たときから、尾行されていた。

尾行者たちは、赤目小籐次の捕縛隊に指名されていた柳生新陰流の能見五郎兵衛に指揮された面々だ。

能見らは秋野ら四人が赤目小籐次に討たれたと聞いたときから、

「なんとしても、われらが手で秋野様らの仇は討つ」

と心に決していた。

その能見を密かに呼んだのが親類筋の田尻藤次郎だ。

「能見、江戸屋敷の重臣どもは、うやむやのうちに騒ぎの決着をつけようとしておる。となれば秋野らは犬死じゃぞ。なにより小城藩の面目はどうなる。われら葉隠精神を叩き込まれてきた佐賀者が、このまま指を咥《くわ》えて見ておれるか。なんとしても赤目小籐次を探し出して叩き斬れ。その上で御鑓を奪い返すのじゃ」

「畏まり申した」

と返答した能見が、

「直尭様のお考えいかに」

と確かめた。

「直尭どのは若い。未だ武士道を承知しておらぬ。三家に合わせて詫び状に署名なさる気だ。だがな、直尭どのが署名なさるまでに数日の余裕がある。それまでになんとしても赤目小籐次の行方を突き止めよ」

その命を受けた能見五郎兵衛らは、江戸家老の水町蔵人と留守居役の伊丹権六の行動を見張り、丸亀藩邸を訪問したことを察知した。

それは田尻から命を受けたときから推量されたことだ。

能見の支配下の鵜殿高恭ら八人は、水町と伊丹の乗り物が丸亀藩邸を出た後も門前を見張り続けた。

八つ半（午後三時）を過ぎた刻限、品川歩行新宿の網干し場で会った赤穂藩の古田寿三郎、続いて臼杵藩の村瀬朝吉郎が丸亀藩邸の門を潜り、七つ半（午後五時）過ぎに丸亀藩士の黒崎小弥太が一人使いに立たされる様子で両手に文箱《ふばこ》を抱えて出てきた。

鵜殿らは田尻に、

「丸亀藩らは赤目小籐次の連絡《つなぎ》の途を持っておる。よいか、水町らが接触した後に必ず四家の総意が赤目にもたらされる筈《はず》じゃ、それを見逃すな」

と指示されていた。

「よし、あの者が文使いと見える。おれに橋爪龍四郎、武宮寅之助、羽田音十、そなたら三人が従え」

残り四人を丸亀藩邸門前の見張りに残した鵜殿らは小弥太の後を尾行していった。

小弥太は尾行者のいることなど知らぬげに御堀端を新シ橋、幸橋、土橋、難波橋と過ぎて、芝口橋で出雲町へと渡った。江戸府内でも一番賑やかな通りを竹川町、尾張町、新両替町と過ぎて、京橋に差し掛かる。

だが、小弥太の足は止まらない。

四家の希望を一通の書状にすることは至難の業で、四人の家老と四人の留守居役が、

「それでは卑屈に過ぎる」

とか、

「いや、あやつを怒らせるのは得策ではない」

とか、何刻も侃々諤々《かんかんがくがく》とした後、ようやく赤目小籐次に宛てた短い書状ができ上がった。

その書状が赤目小籐次の指示通りに黒崎小弥太に託された。

今、小弥太は文箱を両手に抱えて、柳橋の茶屋万八楼に向かっていた。

夕暮れの日本橋は多くの往来の人間で込み合っていた。

この高札場に四家の御鑓を晒されたら、旬日を待たずして江戸じゅうに広まっていくだろう。

(なんとしても赤目小籐次の行動を止めねば)

という気持ちと、

(赤目小籐次に最後まで意地を張らせたい)

という相反した考えに小弥太の気持ちは揺れていた。

日本橋を渡る小弥太を尾行する鵜殿に武宮寅之助が、

「鵜殿様、あやつが持つ文箱は間違いなく四家が赤目小籐次に宛てた書状にござろう。となれば、あの文箱を奪い取りさえすれば、四家と赤目小籐次の和解はならぬ道理にございますな」

と言い出した。

「その代わり、あの者が赤目小籐次とどこで連絡《つなぎ》をとるか分らなくなるではないか」

「書状をどこぞに預けるつもりのようです。ならば、あやつがその家に入る直前を襲えばよい。書状を奪い取り、われらはその場所で赤目小籐次が現れるのを待てばよいのです」

「あの者をどうする」

「当分、下屋敷にでも軟禁しておくのですな」

鵜殿高恭がしばし考えた。

「丸亀藩らが立腹せぬか」

「われらが襲ったという証拠もございませぬ。なにより小城の体面を立てることが大事にございますぞ」

「よし」

柳生新陰流の目録を許された鵜殿が乱暴な提案を受け入れた。

そのとき、小弥太は十軒店本石町の辻を曲がり、鉄砲町から小伝馬町の牢屋敷前を通過して、神田川の浅草御門に向かっていた。

赤目小籐次が大酒の会に参加した万八楼八郎兵衛が主の茶屋のある柳橋は、神田川が大川に注ぐ河口の両岸をいった。

この界隈には吉原や向島の遊里を結ぶ船宿や茶屋が櫛比《しっぴ》して、賑わいを見せていた。だが、万八楼は柳橋の北詰にあって、表は閑静な佇まいであった。

小弥太は柳橋を渡って万八楼の塀に沿って曲がった。

「鵜殿様、あの先には万八楼しかございませぬ」

「よし、ぬかるなよ」

四人が足を早めて小弥太に追い縋《すが》り、

「待たれよ」

と声をかけた。

振り向いた小弥太を四人が囲んだ。

「お手前らは小城藩の方々ですね」

小弥太が確かめた。

「そなたの手の内の書状を頂こう」

「これは驚いた。この文箱がなにかご存じか」

小弥太が念を押した。

「赤目小籐次に宛てた書状であろうが」

「その差出人の一人は、貴藩の江戸家老ですぞ。それを承知で狼藉をなさる気か」

「小城藩は武門の家柄、赤目小籐次なる下郎に膝を屈する真似はせぬ」

「お止めなされ」

小弥太は四人を見据えると、万八楼へ駆け込めるかどうかを考えた。

その考えを読んだように羽田音十がその背後に回った。

「もし腕ずくでもと申されるなれば、それがし、お相手致す」

小弥太が腹を固めると文箱を懐に突っ込み、剣に手をかけた。

鵜殿らが面倒とばかり抜刀した。

小弥太も抜き合わせた。

大川の岸辺の闇が揺れて、暗がりから影が立ち上がりかけ、またしゃがみ込んだ。

「およしなされ。ここは御城近くにございますぞ」

五人の輪の外から声がかかった。

小弥太が振り向くと、赤穂藩の古田寿三郎と臼杵藩の村瀬朝吉郎が立っていた。

「古田様、村瀬様」

小弥太が安堵の声を上げた。

「古田様が、かようなこともあろうかと、密かにそなたの後を尾行することを提案なされたのです」

と村瀬が小弥太に説明した。

「助かった」

小弥太がさらに言った。

「どうめさるな、小城藩のご面々」

古田寿三郎が鵜殿らに念を押す。

「おのれ」

鵜殿が呟いたとき、武宮寅之助が上段の剣を古田の肩口へ落としながら突進した。

四人の動きを牽制していた古田寿三郎の反応は素早かった。

腰をその場で沈めて、剣を抜き放ちながら峰に返した。

懐まで呼び込んで東軍新当流の、

「迎え撃ち後《ご》の先《せん》」

を一閃させた。

それがものの見事に武宮の胴に決って、武宮は翻筋斗《もんどり》うって転がった。

「これ以上の戦いは無用にござる」

古田の声が暗がりに凛と響き、鵜殿らが武宮を両腕に抱えて万八楼の前から引き上げていった。

〈赤目小籐次殿

肥前小城、豊後臼杵、讃岐丸亀、播磨赤穂四藩江戸家老の合意によりそこもとへ本状を差し出し候。丸亀藩家臣黒崎小弥太を通じてのそこもとの望み、確かに承り候。われら合議の上、次なることを決定致し候。

四家藩主に些《いささ》か非礼の廉《かど》あり、ゆえにただ今東海道を国許下向の四行列に急使を遣わし候段通知致し候。お手前旧主久留島通嘉様に宛てし京極高朗様、森忠敬様、稲葉雍通様並びに鍋島直尭様四方の連署の詫び状を作成中ゆえ、暫時の時をお貸し下されたく願い申し上げ候。尚そこもとに要望など御座候わば万八楼に言付けあらん事付言致し候。

丸亀藩江戸家老　多門治典
赤穂藩江戸家老　武石文左衛門
臼杵藩江戸家老　水村彦左衛門
小城藩江戸家老　水町蔵人連署〉

赤目小籐次は書状を白金村檜厳院瑞聖寺《ずいしょうじ》の常夜灯の乏しい明かりの下で何度か読み返した。

手紙を巻き戻した小籐次は墓地に向かった。

瑞聖寺は豊後森藩の歴代の藩主が眠る菩提寺だ。

奪い取った四筋の御鑓先は歴代藩主の墓所に隠してあった。

墓所の前に座した赤目小籐次は四藩から受け取った書状の内容を報告し、

(通嘉様の恥辱回復まで今しばしのご猶予)

を願った。

最後の時までまだ数日が掛かろう。また、四藩の意思が最後まで足並みが揃うとも考えられなかった。それは黒崎小弥太を襲った小城藩の家臣たちの行動でも見てとれた。

ともかく、もうしばらく緊張の時が続くのは確かだ。

赤目小籐次はその夜、瑞聖寺の本堂の階《きざはし》に空腹を抱えて眠った。

白金の下屋敷を出たときに持参していた金子は品川宿の飯盛旅籠に登楼したときに尽きた。

明日からいかにして腹を満たすか。

そのことを考えながら赤目小籐次は眠りに落ちた。

四

赤目小籐次は大名屋敷を避けるように、東海道に並行した町家の並ぶ裏通りを府内の中心に向かってふらふらと歩いていた。すでに夕暮れの刻限だ。

一昨日から水以外は口にしていなかった。

これではまさかのときに役に立ちそうにもない。だが、懐には一文の銭もない。

(なんぞ稼ぎの道を……)

と思ったが、すぐに思いつかなかった。

下屋敷の用人高堂伍平老人が吐き捨てた言葉が身に染みた。用人は、

「頑固者が。雨風に当たればお屋敷勤めの有り難味が分かろうわえ」

と言ったのだ。

雨風なれば避けようもあった。だが、空腹ばかりはいかんともし難い、と小籐次は、
くうくう
と鳴く腹を恨めしく思った。

薄暗くなりかけた通りに潮騒が響いてきた。通りの東側には江戸の海があって、築地川から御堀を通して潮騒と潮の香が流れてくるのだ。

(浜にでも行けば、なんぞ食いものが……)

と考えたとき、向こうからやってきた旦那然とした男が立ち止まり、破れ笠の下の小籐次の顔を覗くと、

「赤目様」

と驚きの声で呼びかけてきた。力なく視線をやると相手が、

「箱根で助けて頂きました久慈屋昌右衛門でございますよ」

小僧を伴った昌右衛門が顔を小籐次の前に差し出した。

箱根山中で山賊紛《まが》いの行動を繰り返す鉄心無双流浦賀弁蔵一味に久慈屋一行が襲われたことがあった。

その後ろから歩いていた赤目小籐次が見つけ、首領の浦賀を斬り、一味を撃退した。

「おおっ、確かに久慈屋どのかな。その節は世話になった」

「赤目様、世話になったではありませぬ。出歩いてよろしいので」

大名四家を相手に小名の意地を雪がんとする赤目小籐次の孤軍奮闘は、江戸の人の口から口へ伝わり、今や府内じゅうに知れ渡っていた。判官贔屓《ほうがんびいき》の江戸の町民は赤目小籐次の行動を、

「近頃、気骨のある侍じゃねえか」

「四家相手に爺様武者が頑張っているなんて、涙が出るぜ」

などと好意的に見ていた。

その江戸を騒がす張本人がふらふらと市中を歩いているのだ。

「空腹を紛らわすために歩いておるのだ」

「あなた様にはいつも驚かされ放しにございますよ」

と笑った昌右衛門が念を押した。

「お腹が空いておられますので」

「実は一昨日からなにも食しておらぬ」

「店が近くにございます。まずは家《うち》に来られませ」

赤目小籐次は昌右衛門の親切に感謝しつつも、

「久慈屋どの、それがし、ちとわけがござって人に追われておる。お店に迷惑がかかっても不味《まず》い。遠慮致そう」

「そのわけは江戸じゅうがすでに承知ですよ」

と苦笑いした昌右衛門が、

「そうですな。人の出入りが多い芝口橋の店では四家の方にいつ見つかるとも知れませぬ」

しばし考えた昌右衛門が小僧に何事かを言いつけ、急いで去らせた。そして、小籐次に、

「この界隈にうちの家作がございます。幸いにも一、二軒店子《たなこ》に空きがございま

す。そこにな、ご案内いたしましょう」

「久慈屋どの、よいのか。そなたに迷惑がかからぬか」

「なにをおっしゃいますな。赤目様には娘のおやえと手代の浩介の命を助けて頂きました。それに赤目様のご活躍に江戸じゅうが胸をすかせておるのです。そのお方が腹を空かせておるのを見過ごしたとあっては、久慈屋昌右衛門の男が下がります」

昌右衛門が小籐次を案内したのは芝口新町の裏長屋だ。

木戸口を入る前に昌右衛門は大家の玄関先から声をかけた。そうしておいて裏手が御堀の石垣に接した長屋に案内した。

九尺二間のがらんとした長屋には黄昏《たそがれ》の光が淡く差し込んでいた。

「赤目様、うちの家作にございます。大家の新兵衛さんにはよくよく申しつけておきますでな。好きなだけいなされ」

その新兵衛が明かりを点《とも》した行灯を運んできた。

「おおっ、新兵衛さん、この方は私どもの恩人でな。大きな声でいえぬが敵持ちの身だ。密かにお住まいなされたいゆえな、よろしく」

と赤目小籐次の名を明かすことなく紹介し、だいぶ耄碌《もうろく》しかけた新兵衛がうんうんと頷いて去った。

「赤目様、店から温かいものと夜具を運ばせております。しばらくご辛抱を」

と願い、

「それにしても、赤目様はどえらいことをしてのけられた」

「まだ終ってはおらぬ」

「先ほども言いましたがな、江戸町民は赤目様の独り戦《いくさ》に拍手喝采を密かに送っています。なんたって普段から威張り腐った大名を、それも四家ですよ。丸亀、赤穂、臼杵、小城と西国四藩の行列に次々に殴り込みをかけて、体面の御鑓を奪われたのですからな。溜飲が下がるとはまさにこのことです」

「久慈屋どのはようご存じだ」

「何度も申します。もはや江戸中の評判です」

「困ったな」

「いえ、そうではありませぬぞ。江戸八百八町の町民が赤目小籐次様の戦いに賛意を見せているのです。これでは公儀も迂闊《うかつ》に動けませぬ。元禄の御世と違い、幕閣にも大名家にも腹のある方が少のうございますからな」

久慈屋昌右衛門があれやこれやと江戸市中に流れる噂を当人の赤目小籐次に伝

えているとと、木戸口に足音と大八車の音が響き、まず箱根で知り合った娘のおやえが飛び込んできた。

「赤目様、その節はありがとうございました」

礼を述べる背に手代の浩介が姿を見せて、ぺこりと頭を下げた。そして、酒好きな小籐次にまず大徳利と茶碗を差し出した。さらに岡持ちやら夜具やらが長屋に運び込まれ、たちまち赤目小籐次が住むに十分な道具から食べ物、飲み物が揃った。

「赤目様、今度は箱根のように黙って去られてはなりませぬぞ。大願成就の後までもお暮らしなされ」

と言うと、

「おやえ、浩介、今宵は赤目小籐次様にゆっくり休んでいただくことが大事じゃぞ。私どもはこれにてお暇《いとま》を」

と重ね、何度も勝手に長屋を去らぬように念を押して、箱根で知り合った久慈屋の親子と手代が姿を消した。

赤目小籐次は大徳利に手をかけると茶碗になみなみと酒を注いだ。

上酒の香が立ち、それが空腹の小籐次の鼻を刺激した。

口につけるとぐびりぐびりと飲んだ。

口から喉へ、喉から胃の腑へと甘露が流れ伝わって、なんとも至福だった。

岡持ちの蓋を取ると平目の煮付け、野菜の炊合わせ、漬物とたっぷりの菜とお櫃《ひつ》には白いご飯があった。

先ほどまで腹を空かせて野良犬のようにさ迷い歩いていたのが嘘のようだ。

まさか箱根山中で人助けをしたことが、江戸で巡り巡って何十倍にもなって戻ってこようとは。赤目小籐次は畳の上に菜の皿を広げ、茶碗に新たな酒を注いで、今度はゆっくりと喉に落とした。

赤目小籐次は久し振りに夜具の上でのうのうと眠った。酒を飲み、美味《おい》しい菜で飯を存分に食った。

これ以上の幸せがあろうか。

夜具の中で手足を伸ばした赤目小籐次は、ゆっくりと起き上がった。夜具を纏《まと》めて部屋の隅に押しやり、岡持ちに汚れた器を入れて、井戸端に運ぼうとした。

すると岡持ちの下から懐紙が出てきた。包みを取ると金子のようだった。開いてみると一両小判、一分金、一朱金と銭をとり混ぜて二両近く出てきた。

久慈屋昌右衛門が赤目小籐次の懐具合を察して置いていったもののようだ。

(有難き心遣いにござる)

と胸の中で感謝した小籐次は汚れた器を長屋の井戸端に運んでいった。すると井戸端には長屋の女連が三人いて、朝餉の後始末をしていた。

「おや、おまえ様がゆうべ引っ越して来られた浪人さんかえ」

こめかみに膏薬を張った一人の女が小籐次に言いかけた。

「赤目小籐次と申す。よろしゅう頼む」

「わたしゃ、おかつてんで。おまえ様の向い隣の左官の久平のかかあですよ。こっちがおよしさんにきく婆さん」

姉さん株のおかつが三人を紹介し、くんくんと匂いを嗅ぐように鼻をひくつかせた。

「浪人さん、汚れものは洗っとくからさ、先に朝風呂に行ってこないかね。汗臭いよ」

「おおっ、近頃野宿が続いたからな。湯屋は近いか」

「木挽《こびき》橋近くに三十間湯があるよ」

「ならばそういたそうか」

小籐次は汚れた器に水を張って長屋に戻った。

さっぱりして三十間湯から長屋に戻ったとき、長屋には久慈屋から新たに味噌醤油に行灯の油、着替えまで届いていた。

赤目小籐次は昌右衛門の親切を素直に受けることにした。着替えの上には昌右衛門の手紙が置かれてあった。

〈赤目小籐次様　不自由なものがございましたら、大家の新兵衛になんでも申し付けて下さい。直ぐにお届け致します。それから長屋に接した堀留の石垣下に店の猪牙舟を舫っておきます。自由にお使い下され〉

と書かれてあった。

昌右衛門は日中府内を歩いて四家の家臣に見つかることを心配して、猪牙舟を用意してくれたようだ。

赤目小籐次がその猪牙舟に乗り込んで、御堀から浜御殿の北側を抜けて海に出たのは夕刻のことだ。さらに舳先《へさき》を大川へと向けた。

櫓と竿の使い方は死んだ親父が品川の海で叩き込んでくれた。

「小籐次、われらは河野水軍の末裔よ。海に戻るときのために櫓の扱いぐらい覚えておけ」
　と教え込まれたのだ。
　小籐次は五尺の体を大きく使って大川を神田川河口まで遡《さかのぼ》った。
柳橋の茶屋万八楼の裏手の船着場に猪牙舟を舫った。石段を河岸まで上がると
小さな稲荷社があって、その鳥居の陰から万八楼の出入りが見渡せた。
　赤目小籐次はその場所から見張りを続けた。茶屋が開いて客がいるうちは絶対
に万八楼に近付かなかった。お客たちが茶屋を後にした後、裏口から入り込み、
番頭の波蔵を呼び出した。
「赤目様、本日の昼間に森藩の用人様が見えられ、この文を残していかれました
ぞ」
　と高堂伍平の書状を差し出した。
「他には」
「丸亀、赤穂、臼杵、小城四藩からの書状は未だ届きませぬな」
　波蔵も赤目小籐次の戦いを承知のようで好奇の目をぎらつかせて言った。
「明晩に参る」
「赤目様、そなた様とこの万八楼は大酒の会の参加者というだけの関わりにござ

いました。じゃが今は違う。そなた様の意地、最後まで見事貫いて下されよ。主の八郎兵衛以下奉公人のわれらも密かに応援しておりますでな」

と小籐次を焚《た》き付けるようなことを言った。

小籐次は黙って頭を下げると、万八楼の裏口から船着場に戻った。

猪牙舟には河岸の常夜灯の明かりがこぼれていた。

書状の封を切った。

〈赤目小籐次殿　品川宿でそこもとの姿に接し、老人不覚にも瞼《まぶた》が潤み候。そなたがかような大望を抱えしとは露知らず、屋敷を追い立てた迂闊後悔しおり候。そなたと通嘉様の間に密約がありしか否か知らず、だが、そなただけが通嘉様の辱めと哀しみを承知しおる事、留守居役糸魚川様より聞き知り候。

赤目小籐次、老人、品川でのそなたの鮮やかなる手並みを目撃、心の中で喝采を叫び候。独り、四藩の大軍を敵に回して全戦全勝、敵方は白旗を上ぐるのみにて反撃を知らず。これほどの快挙が徳川幕府開闢以来どこにあろうか。

だが、赤目小籐次、そなたが藩を離脱した細工は別にして、そなたの戦いと豊後森藩の存亡は密に関わりおり候。四藩はただ今急使を立てて四藩主の詫び状を用意している最中、これ以上の行動は無益に候。また森藩ばかりか、通嘉様を苦境に追い込むは必定也。
自重せよ、小籐次。
戦いは矛《ほこ》を収める時期こそ難しけれ。
老骨が役に立つなれば命を投げ出す所存、なんぞあれば屋敷に使いを立てられたし。以上、くれぐれもお願い申し候　高堂伍平〉

赤目小籐次は、高堂老人の書状を懐に突っ込むと舫い綱を外した。

江戸じゅうが大名四家を向こうに回した御鑓拝借騒動の成り行きを固唾《かたず》を呑んで見ていた。

そんな最中、赤目小籐次だけが久慈屋の家作で静かな日々を過ごしていた。

小籐次が夕刻から万八楼を見張り始めて四日目、動きが生じた。

赤穂藩の古田寿三郎、臼杵藩の村瀬朝吉郎、丸亀藩の黒崎小弥太、そして小城藩の留守居役の伊丹権六の実弟にして中小姓の伊丹唐之丞《とうのじょう》の四人が万八楼を訪れた。さらに半刻後、豊後森藩の留守居役糸魚川寛五郎が万八楼に姿を見せ、直ぐに立ち去った。

二通の書状を赤目小籐次が受領したのは四つ（午後十時）過ぎのことだ。

〈赤目小籐次殿、四藩藩主連署の詫び状本日到着致し候。即刻、豊後森藩江戸家老宮内積雲様にお届け致し候事、通告致し候。右確認の後、早々に四家の御鑓返還の事、お願い申し候……〉

一通目の差出人は四家の江戸家老であった。

二通目は森藩江戸家老宮内積雲からだ。

〈赤目小籐次に通告す。ただ今、当家久留島通嘉様に宛てられし丸亀藩主京極高朗様、赤穂藩主森忠敬様、臼杵藩主稲葉雍通様、小城藩主鍋島直尭様御四方の連署花押の詫び状落手致し候。

この詫び状、即刻、国表に下向途中の通嘉様に早飛脚にて送付の手配整え候。

赤目小籐次、そなたの当家への忠義と武士道の意地、此処に見事成就致し候。向後は御鑓返却を速やかに致すべく命じ候。そなたの返却の承諾とともに四家の詫び状発送致す所存なれば、速やかに通告されん事を申し付候　江戸家老宮内積雲〉

赤目小籐次は、

ぽかん

とした空ろな気持ちに襲われた。

（これが赤目小籐次が望んだ答えか）

赤目小籐次は猪牙舟を流れに乗せた。大川から猪牙舟が向かったのは、品川大木戸の先、東禅寺の門前付近の浜だ。

猪牙舟を浜に乗り上げさせた赤目小籐次は用意していた腰の矢立を抜き、月明かりで一通の文を認めた。

文を書き終えた小籐次が向かった先は豊後森藩の下屋敷だった。

物心ついたときから住み暮らした屋敷の用人の御長屋を訪ねた小籐次は、戸を叩くと用人の小者が起きたのを確かめ、戸口に文を挟んで立ち去った。

終章

陰暦四月の夜半の月が白金村の瑞聖寺を照らしつけていた。

豊後森藩の歴代の藩主が眠る墓所に一つの影が浮かんだ。

ぶら提灯を提げた下屋敷の用人高堂伍平老人だ。

「赤目、赤目小籐次」

高堂用人が密やかに呼び、墓の陰から赤目小籐次が姿を見せた。

その手には四筋の御鑓が大風呂敷に包まれて、提げられていた。

「小籐次、ようやった。そなた一人の働きに豊後森藩の恥が雪がれたわ。見よ、そなたに明日にも届けようと思うておった通嘉様からのご書状がある」

赤目小籐次は高堂用人の前に歩み寄ると、まず包みを下ろして、通嘉の書状を両手で拝受した。

再び伏し拝んだ後、小籐次は通嘉の書状の封を開いた。

用人が提灯の明かりで照らした。

〈赤目小籐次　そなたの思いがけなき活動、余の愚痴から始まりしかと思う時、ただただ驚愕也、歓喜也。

小籐次、ようやりのけてくれた。

父の一言がそなたの助命に繋がりし出来事を通嘉は知らず。

その恩を子の余に返ししそなたの厚き忠義心、通嘉は満足に思うぞ。そなたのような家臣を持った通嘉は幸せ者かな。

だが、京極殿、森殿、稲葉殿、鍋島殿四君の困惑と不安を思う時、手放しにても喜べず、小籐次、われら三百諸侯の動静を公儀では鵜の目鷹の目で監視されているはだれもが承知の事。この一件の始末次第では四家、いや、五家の改易に繋がるやも知れず、そうなれば家臣郎党さらには家族何万何十万が路頭に迷うこととなりぬ。

赤目小籐次、すでに勝敗は決した。

そなたが拝借した御鑓四筋を各家に返納されん事を通嘉、そのほうに命じる。

余が来春江戸参府する時まで、小籐次、堅固にて待て　通嘉〉

小籐次の瞼が潤んだ。

「赤目小籐次、この御鑓、四家にご返納してもよいな」

小籐次が頷くと、用人が訊いた。

「そなた、これからどうして生きるつもりか」

「さて、考えてもおり申さぬ」

通嘉は来春の再会を命じたが、これほどの騒ぎを起こした者が豊後森藩に復帰できるはずもない。

静かな墓所の夜気を揺らした者がいた。

「下郎、生かしておけぬ」

一団が赤目小籐次と高堂老人を囲んだ。

「そこもとらは何者か」

高堂用人が悲鳴のような声で聞いた。

ぶら提灯の明かりが揺れた。

「小城藩剣術指南能見五郎兵衛」

「小城藩とな、なれば騒ぎは無用になされ。もはや五家の間で決着がついておる」

「小城藩の武門の意地が立ち申さぬ」

「能見先生」

別の声が墓地の一角からした。

四つの影がさらに浮かんだ。

一連の騒ぎの陣頭に立って解決に苦労してきた古田寿三郎、黒崎小弥太、村瀬朝吉郎、それに伊丹唐之丞の四人だ。

「森藩の用人どのが申されるとおり、事は決着を見ております。これ以上の騒ぎはためにするものにございましょう」

「伊丹唐之丞どのか。われら小城藩家臣は、葉隠精神を叩き込まれた武家集団である。江戸で茶屋酒を飲みながら、物事の解決をなさるお手前の兄者如き留守居役には与さぬ」

「なんと申されたな」

若い伊丹が刀の柄に手をかけたのを古田が止め、囁いた。

「この場は赤目小籐次どのに任されよ」

月が雲間に入ったか、ふいに墓所が暗くなった。

ぶら提灯の小さな明かりに赤目小籐次、高堂用人、能見五郎兵衛らが浮かび上がっているだけだ。

「能見様、ちと願いがござる」

赤目小籐次が口を開いた。

「わが戦いもこれにて幕にしとうてな。能見様との尋常の勝負にて決着をつけたいがいかに」

「下郎、よういうた」

能見は門弟たちに戦いに加わることを禁ずると羽織を脱いだ。刀の下げ緒を外すと襷にかけた。

長身の能見が二尺七寸余を超えた長剣を抜くと、右手一本に保持して切っ先を地面に垂らした。

高堂用人が久留島家の霊廟の前まで下がった。

明かりが二人の対峙を等分に照らした。

赤目小籐次はその間にただ立っていた。

脱ぐべき羽織もない。

両者の間合いは三間余り。

破れた菅笠を被った赤目小籐次は来島水軍流の構えにそって、両足を揺れる船上で立つように広げた。

右足《うそく》がわずかに右前に出ていた。

「参れ、下郎！」

柳生新陰流の達人が大声を発して誘った。

赤目小籐次は誘いには乗らなかった。

ただ凪も波もなき海面に映る月明かりとも似て、広大な闇に小さな明かりを映してひっそりと立っていた。

能見の右手一本に提げられた長剣がゆっくりと円弧を描くように持ち上げられ、右肩に突き上げられたとき、左手が添えられた。

無音の気合が辺りを圧した。

その直後、長身の能見五郎兵衛が小柄な赤目小籐次を踏み潰すように殺到し、突き上げた剣を脳天に振り下ろした。

重き鉈《なた》が振り下ろされた感がした。

だれもが、

（赤目小籐次はなぜ動かぬ）

と考えた瞬間、小籐次が、

つつつっ
と右斜め前へと走り込みつつ、次直二尺一寸三分を抜き放った。

赤目小籐次の破れ笠を能見の豪快な上段打ちが襲い、陽炎《かげろう》が海上を逃げ去るようにゆらめき抜かれた小籐次の次直が、能見の懐を横手から深々と斬り裂いていた。

ぐえっ
能見の長身が一瞬反り返り、次にはくの字に曲がって前のめりに倒れ込んだ。

墓地から戦いの緊迫がふいに消えた。

赤目小籐次は放心の体で立っていた。

赤目小籐次に勝利の喜びはなく、ただ重い疲労だけが小さな体を覆っているのを黒崎小弥太は見た。

古田寿三郎は明日から赤目小籐次がどうして生きていくのか考えていた。

「小籐次」

高堂用人が叫んだ。

その瞬間、我に返った赤目小籐次は、瑞聖寺の墓地から暗がりの中に走り込んでいた。

それが文化十四年（一八一七）晩春から初夏にかけて東海道から江戸を騒がせた御鐉拝借騒動の決着であった。

特別付録 決定版刊行記念 佐伯泰英氏インタビュー

今こそ、小籐次の生き方を問い直したい

『御鑓拝借』は「酔いどれ小籐次留書」シリーズの第一巻として、二〇〇四年二月に幻冬舎文庫より刊行された作品です。以降、二〇一三年二月の『状箱騒動』まで全十九巻が書き継がれました。これがいわば「旧小籐次」シリーズです。

二〇一四年八月、舞台を文春文庫に移し、「新・酔いどれ小籐次」シリーズの刊行が始まりました。最新刊は第四巻『姉と弟』。

そして、本書を皮切りに、旧小籐次シリーズを「決定版」と銘打ち、文春文庫より刊行していきます。

なぜ今、再び旧小籐次を世に問うのか。小籐次に寄せる思いとは。そして、これからの小籐次シリーズはどうなる？　海を望む熱海の別邸・惜櫟荘《せきれきそう》にて、佐伯さんにお話を伺いました。

なんせ旧小籐次は十九冊ですから。目下、次から次へと届くゲラ刷りの山に悲鳴を上げているところです（笑）。この決定版こそが私にとって小籐次の完成形。今後、再び旧小籐次に手を入れることはないでしょう。

それにしても、もう十二年経つんですね……。感慨とともに久々に『御鑓拝借』を読み返して、自分でいうのも変ですが、決して古びてはいない、と改めて自信を持ちました。第二巻の『意地に候』以降も順次読んでいくことで、身体に蓄えられたものを、今後の新小籐次シリーズに繋げていければと思っています。

私はずっと、時代小説で「男の夢」というべきものを書いてきました。小籐次は、その度合いが大きいというか、私の作品の中で極みにあるといえるかもしれません。

時代小説とはいえ、吸っている現代の空気と無縁ではいられません。小籐次を書き始めた二〇〇四年といえば、女性がますます元気になり、男の生き方全般がちょっと辛くなってきているなあと感じていました。その空気が、私に小籐次という男を描かせたところはあります。

そもそも赤目小籐次は、『御鑓拝借』の時点で四十九歳。江戸の世では老齢といっていい歳ですよね。高収入でもないし、高学歴でもない。背丈も小さいし、顔も不細工。その彼が、おりょうというマドンナを心中に秘めやかに抱き続け、ついには結ばれる。以前、俳優の高橋英樹さんに会ったとき、「あれはナシだよなあ。川向こうにさ、別邸にさ、綺麗な女囲ってさ、そんな話はないよ」と笑いながらいわれたのですが、たしかにそんな話はありません(笑)。でも、その〝ない〟話を〝ある〟ことにしようと思った。それでいいんです。「男の夢」なんですから。

十二年経って改めて見渡すと、日本人は、女性も男性も、ますます恋愛、結婚に執着しなくなっていますね。その社会的状況は、明らかに強くなっている。そんな中だからこそ、小籐次という男——ずっと一人の女性を思い続け、少しずつ少しずつ想いを交わし、やがて所帯を持ち、自分を殺しに来た刺客の遺児を引き取って育てる、という男の生き方を問い直す意味はあるんじゃないか。私が今回、決定版の刊行を決断したのには、そういう理由もあるんです。

不安をことさらに追求したくない

小籐次シリーズは、私にとって、書いていて楽しい作品です。初めての時代小説シリーズだった「密命」（一九九九年〜）は、当初は時代小説のことなんて何もわからず、おのれの知識とエネルギーをすべてつぎ込み、それでも不安で、一冊書き上げるのに二冊ぶんの労力を費やしていた気がします。

五年経って小籐次を始めたときは、ずいぶんと心境が変わっていました。何も力み返って書く必要はないんじゃないか、人間の苦悩を描き出すことばかりが小説じゃないんじゃないか、自分が書けるのは、もう少し力の抜けた、文庫のページをめくったときに読者の心に常に余白があるような時代小説なんじゃないか、と。

だから小籐次は、肩の力を抜いて、気楽に書き始めました。史実を忠実に追いかける小説だと、調べ物もたいへんだし、辛いところもありますが、小籐次はそういう小説ではありません。私の作品の中では「鎌倉河岸捕物控」シリーズと似ています。小籐次は浪人で、鎌倉河岸の主人公・政次は呉服屋の手代、しかも十代の若者ですから、一見まったく違いますが、本人としては雰囲気が通じるな、と思いながら書いています。

そして、その気楽さが、書く楽しさに繋がっているし、読者の方々もその楽しさを感じ、共有していただいている——というのは少々おこがましいですが、でも、書いている本人が楽しくなければ読んでいる人も楽しくないはずだし、私は、悩み多き主人公より、自然体で力まない人物を書くほうが楽しいんです。

昨年、新聞を読んでいたら、有楽町駅で六十代の男が一歳児の頭を殴り逮捕された、という記事が載っていました。ベビーカーが邪魔だったから殴った、ということらしいですが、新聞を前に考え込んでしまいました。

戦後七十年、日本は物質的には大いに豊かになりました。でも今、精神的に不安を感じている人たちがたくさんいる。それは日々のニュースを見ても明らかですよね。日本の先行き、自分の生活、老後、あるいは、これというわけじゃない漠たる不安。

発展の過程で物欲だけを追求し、半面で失ってきたもの、その欠落が何かよくわからない不安を生じさせ、六十男をして一歳児を殴るという暴挙に及ばしめている。そういう面は否定できないんじゃないかと思います。

でも、私は、小説において不安をことさらに追求したくない。読者に楽しんでいただけるとは思えないからです。逆に、あり得なくてもいい、高橋英樹流にいえば「川向こうにさ、女囲ってさ」という気楽さを漂わせつつ、ふだんは研ぎ仕事で地道に日当を稼ぎながら暮らしを立てる——そういう世界を描きたい。不安をいっときでも忘れさせ、赤子を殴る手を止めさせる物語であってくれれば、と念じながら書いています。

三代揃って読める娯楽

旧小籐次決定版の作業を進めていく一方で、新小籐次シリーズも、これまで通り年二冊のペースで刊行していきます。二〇一三年に旧シリーズが中断したかのような形で終わってしまったので、ずっと読み続けてくださった方の中には、欲求不満というか、怒りさえ覚えた方もいらっしゃるかもしれません。

その方々に、作者としてどう応えたらいいのか。それは小籐次を書き続けることしかない。ただ、せっかく出版元が変わる、つまり舞台が改まるわけですから、筆者が歳をとったぶん小籐次も歳をとり、旧シリーズとはちょっと違った雰囲気の小籐次にしたいという思いはありました。

一読していただければすぐにわかりますが、旧シリーズの小籐次は、とにかくあっちでも斬り、こっちでも斬る。老境の男が駆け回り、斬りまくっているわけですが、新シリーズの小籐次は滅多に斬りません。妻のおりょうと子の駿太郎がクローズアップされる場面も多いし、全体として穏やかな、目には見えないけれど大事なものに寄り添う物語になっています。

旧シリーズと新シリーズ、どちらも楽しんでいただけると自負していますが、私は、時代小説は高齢者のためだけのものではない、女性も読める、子どもだって読める、三代揃って読める娯楽なんだということは常に意識しています。新小籐次はその側面がより強いということはあるかもしれませんね。カバー装画も横田美砂緒さんの柔らかく、優しいタッチになっています。旧小籐次決定版のカバーも、同じく横田さんにお願いしていますが、新たな読者の方々も目を向けてくださるんじゃないかと期待しています。

やはり私は、常に新しい読者を獲得したい。それが今、売り上げ不振に苦しんでいる町の書店さんへの応援にもなるし、もちろん私自身のためでもあります。

活字文化は危機に瀕しています。なんとかして活字って面白いよ、時代小説って面白いよ、というメッセージを、書店さんに送り届けたい。そして書店さんを介して読者の人にそれが伝わっていってほしい。早晩、電子書籍の時代が来るのかもしれませんが、今、私が考えているのはここまでです。この十年で本屋さんが四千軒も減ってしまったという現実。その責任は出版社にもあるし、書き手にもあります。

私が面白い時代小説を書き、それが出版社、書店を通じて読者に渡っていくことによって活字文化が元気になるならば、作家として人間として、これ以上の喜びはありません。

元気でいるかぎり書き続ける

話題は変わりますがこの文章に手を入れる前、同時多発テロ後のパリを一家で訪ねました。一年半ぶりの海外旅行は前々から決まっていたことで、出発直前にあのテロが起こりました。

老夫婦を含む一家三人が観光客然としてテロの地を訪れて迷惑をかけないか、

出立の直前まで悩みました。馴染みのパリで格別に訪れる場所はありません。私たちはテロの現場を詣でて犠牲者の平安を祈ることにしました。

共和国広場も一番の犠牲者を出したバタクラン劇場もあの瞬間から「時が停止」したかのようでした。家族や知り合いや恋人や、なんの関わりもない人々が捧げたキャンドル、花束、メッセージ、ギター、写真、本などいろいろなものが山積みになっていました。

週末の宵にカフェでワインを楽しみ、ロックコンサートに酔い、恋人や夫婦でそぞろ歩く「自由」と「特権」を奪ったテロに対し、普段の暮らしを続けることで抗しようとするパリの人びとの勇気に感銘を覚えました。

そう、人には歌い、踊り、読み、書く自由があるのです。そのことを今回の旅で改めて知らされました。

私は元気でいるかぎり、本を、時代小説を書いていきます。

これからも変わらずご愛顧のほど、よろしくお願い申し上げます。

本書は『酔いどれ小籐次留書　御鑓拝借』（二〇〇四年二月　幻冬舎文庫刊）に
著者が加筆修正を施した「決定版」です。

DTP制作・ジェイ　エスキューブ

文春文庫

御《お》鑓《やり》拝《はい》借《しやく》

酔《よ》いどれ小籐次《ことうじ》（一）決定版《けつていばん》

定価はカバーに表示してあります

2016年3月10日　第1刷

著　者　佐伯泰英《さえきやすひで》

発行者　飯窪成幸

発行所　株式会社 文藝春秋

東京都千代田区紀尾井町 3-23　〒102-8008
TEL　03・3265・1211
文藝春秋ホームページ　http://www.bunshun.co.jp

落丁、乱丁本は、お手数ですが小社製作部宛お送り下さい。送料小社負担でお取替致します。

印刷・凸版印刷　製本・加藤製本

Printed in Japan
ISBN978-4-16-790573-6

佐伯泰英
文庫時代小説
全作品チェックリスト

2016年3月現在
監修／佐伯泰英事務所

掲載順はシリーズ名の五十音順です。品切れの際はご容赦ください。

どこまで読んだか、チェック用にどうぞご活用ください。
キリトリ線で切り離すと、書店に持っていくにも便利です。

佐伯泰英事務所公式ウェブサイト「佐伯文庫」 http://www.saeki-bunko.jp/

キリトリ線

居眠り磐音 江戸双紙

いねむりいわね えどぞうし

双葉文庫

□① 陽炎ノ辻 かげろうのつじ
□② 寒雷ノ坂 かんらいのさか
□③ 花芒ノ海 はなすすきのうみ
□④ 雪華ノ里 せっかのさと
□⑤ 龍天ノ門 りゅうてんのもん
□⑥ 雨降ノ山 あふりのやま
□⑦ 狐火ノ杜 きつねびのもり
□⑧ 朔風ノ岸 さくふうのきし
□⑨ 遠霞ノ峠 えんかのとうげ
□⑩ 朝虹ノ島 あさにじのしま
□⑪ 無月ノ橋 むげつのはし
□⑫ 探梅ノ家 たんばいのいえ
□⑬ 残花ノ庭 ざんかのにわ
□⑭ 夏燕ノ道 なつつばめのみち
□⑮ 驟雨ノ町 しゅううのまち
□⑯ 螢火ノ宿 ほたるびのしゅく
□⑰ 紅椿ノ谷 べにつばきのたに
□⑱ 捨雛ノ川 すてびなのかわ
□⑲ 梅雨ノ蝶 ばいうのちょう
□⑳ 野分ノ灘 のわきのなだ
□㉑ 鯖雲ノ城 さばぐものしろ
□㉒ 荒海ノ津 あらうみのつ
□㉓ 万両ノ雪 まんりょうのゆき
□㉔ 朧夜ノ桜 ろうやのさくら
□㉕ 白桐ノ夢 しろぎりのゆめ
□㉖ 紅花ノ邨 べにばなのむら
□㉗ 石榴ノ蠅 ざくろのはえ
□㉘ 照葉ノ露 てりはのつゆ
□㉙ 冬桜ノ雀 ふゆざくらのすずめ
□㉚ 侘助ノ白 わびすけのしろ
□㉛ 更衣ノ鷹 きさらぎのたか **上**
□㉜ 更衣ノ鷹 きさらぎのたか **下**
□㉝ 孤愁ノ春 こしゅうのはる
□㉞ 尾張ノ夏 おわりのなつ
□㉟ 姥捨ノ郷 うばすてのさと
□㊱ 紀伊ノ変 きいのへん
□㊲ 一矢ノ秋 いっしのとき
□㊳ 東雲ノ空 しののめのそら
□㊴ 秋思ノ人 しゅうしのひと
□㊵ 春霞ノ乱 はるがすみのらん
□㊶ 散華ノ刻 さんげのとき
□㊷ 木槿ノ賦 むくげのふ
□㊸ 徒然ノ冬 つれづれのふゆ
□㊹ 湯島ノ罠 ゆしまのわな
□㊺ 空蝉ノ念 うつせみのねん
□㊻ 弓張ノ月 ゆみはりのつき
□㊼ 失意ノ方 しついのかた
□㊽ 白鶴ノ紅 はっかくのくれない
□㊾ 意次ノ妄 おきつぐのもう
□㊿ 竹屋ノ渡 たけやのわたし
□(51) 旅立ノ朝 たびだちのあした

【シリーズ完結】

キリトリ線

キリトリ線

□シリーズガイドブック「居眠り磐音 江戸双紙」読本（特別書き下ろし小説・シリーズ番外編「跡継ぎ」収録）

□居眠り磐音 江戸双紙 帰着準備号 **橋の上** はしのうえ（特別収録「著者メッセージ&インタビュー」「磐音が歩いた『江戸』案内」「年表」）

□吉田版**「居眠り磐音」江戸地図** 磐音が歩いた江戸の町（文庫サイズ箱入り）超特大地図＝縦75cm×横80cm

鎌倉河岸捕物控 かまくらがしとりものひかえ　ハルキ文庫

□① **橘花の仇** きっかのあだ
□② **政次、奔る** せいじ、はしる
□③ **御金座破り** ごきんざやぶり
□④ **暴れ彦四郎** あばれひこしろう
□⑤ **古町殺し** こまちごろし
□⑥ **引札屋おもん** ひきふだやおもん
□⑦ **下駄貫の死** げたかんのし
□⑧ **銀のなえし** ぎんのなえし
□⑨ **道場破り** どうじょうやぶり
□⑩ **埋みの棘** うずみのとげ
□⑪ **代がわり** だいがわり
□⑫ **冬の蜉蝣** ふゆのかげろう
□⑬ **独り祝言** ひとりしゅうげん
□⑭ **隠居宗五郎** いんきょそうごろう
□⑮ **夢の夢** ゆめのゆめ
□⑯ **八丁堀の火事** はっちょうぼりのかじ
□⑰ **紫房の十手** むらさきぶさのじって
□⑱ **熱海湯けむり** あたみゆけむり
□⑲ **針いっぽん** はりいっぽん
□⑳ **宝引きさわぎ** ほうびきさわぎ
□㉑ **春の珍事** はるのちんじ
□㉒ **よっ、十一代目！** よっ、じゅういちだいめ
□㉓ **うぶすな参り** うぶすなまいり
□㉔ **後見の月** うしろみのつき
□㉕ **新友禅の謎** しんゆうぜんのなぞ
□㉖ **閉門謹慎** へいもんきんしん
□㉗ **店仕舞い** みせじまい

□シリーズガイドブック「鎌倉河岸捕物控」読本（特別書き下ろし小説・シリーズ番外編「寛政元年の水遊び」収録）

□シリーズ副読本　鎌倉河岸捕物控　街歩き読本

シリーズ外作品　ハルキ文庫

□異風者《いひゅもん》

交代寄合伊那衆異聞《こうたいよりあいいなしゅういぶん》　講談社文庫

□①変化《へんげ》　□⑦上海《しゃんはい》　□⑬交易《こうえき》　□⑲茶葉《ちゃば》

□②雷鳴《らいめい》　□⑧黙契《もっけい》　□⑭朝廷《ちょうてい》　□⑳開港《かいこう》

□③風雲《ふううん》　□⑨御暇《おいとま》　□⑮混沌《こんとん》　□㉑暗殺《あんさつ》

□④邪宗《じゃしゅう》　□⑩難航《なんこう》　□⑯断絶《だんぜつ》　□㉒血脈《けつみゃく》

□⑤阿片《あへん》　□⑪海戦《かいせん》　□⑰散斬《ざんぎり》　□㉓飛躍《ひやく》

□⑥攘夷《じょうい》　□⑫謁見《えっけん》　□⑱再会《さいかい》　【シリーズ完結】

長崎絵師通吏辰次郎《ながさきえしとおりしんじろう》　ハルキ文庫

□①悲愁の剣《ひしゅうのけん》　□②白虎の剣《びゃっこのけん》

キリトリ線

キリトリ線

夏目影二郎始末旅 なつめえいじろうしまつたび

光文社文庫

□①八州狩り はっしゅうがり
□②代官狩り だいかんがり
□③破牢狩り はろうがり
□④妖怪狩り ようかいがり
□⑤百鬼狩り ひゃっきがり
□⑥下忍狩り げにんがり
□⑦五家狩り ごけがり
□⑧鉄砲狩り てっぽうがり
□⑨奸臣狩り かんしんがり
□⑩役者狩り やくしゃがり
□⑪秋帆狩り しゅうはんがり
□⑫鵺女狩り ぬえめがり
□⑬忠治狩り ちゅうじがり
□⑭奨金狩り しょうきんがり
□⑮神君狩り しんくんがり

【シリーズ完結】

□シリーズガイドブック 夏目影二郎「狩り」読本（特別書き下ろし小説・シリーズ番外編「位の桃井に鬼が棲む」収録）

秘剣 ひけん

祥伝社文庫

□①秘剣雪割り 悪松・棄郷編 ひけんゆきわり わるまつ・ききょうへん
□②秘剣瀑流返し 悪松・対決「鎌鼬」 ひけんばくりゅうがえし わるまつ・たいけつかまいたち
□③秘剣乱舞 悪松・百人斬り ひけんらんぶ わるまつ・ひゃくにんぎり
□④秘剣孤座 ひけんこざ
□⑤秘剣流亡 ひけんりゅうぼう

古着屋総兵衛初傳《ふるぎやそうべえしょでん》　新潮文庫

□光圀《みつくに》（新潮文庫百年特別書き下ろし作品）

古着屋総兵衛影始末《ふるぎやそうべえかげしまつ》　新潮文庫

□①死闘《しとう》
□②異心《いしん》
□③抹殺《まっさつ》
□④停止《ちょうじ》
□⑤熱風《ねっぷう》
□⑥朱印《しゅいん》
□⑦雄飛《ゆうひ》
□⑧知略《ちりゃく》
□⑨難破《なんぱ》
□⑩交趾《こうち》
□⑪帰還《きかん》
【シリーズ完結】

新・古着屋総兵衛《しん・ふるぎやそうべえ》　新潮文庫

□①血に非ず《ちにあらず》
□②百年の呪い《ひゃくねんののろい》
□③日光代参《にっこうだいさん》
□④南へ舵を《みなみへかじを》
□⑤○に十の字《まるにじゅのじ》
□⑥転び者《ころびもん》
□⑦二都騒乱《にとそうらん》
□⑧安南から刺客《アンナンからしかく》
□⑨たそがれ歌麿《たそがれうたまろ》
□⑩異国の影《いこくのかげ》
□⑪八州探訪《はっしゅうたんぼう》

キリトリ線

小籐次青春抄 ことうじせいしゅんしょう　文春文庫

□品川の騒ぎ・野鍛冶 しながわのさわぎ　のかじ

酔いどれ小籐次 よいどれことうじ　文春文庫

□①御鑓拝借 おやりはいしゃく
〈決定版〉随時刊行予定
□②意地に候 いじにそうろう
□③寄残花恋 のこりはなよするこい
□④一首千両 ひとくびせんりょう
□⑤孫六兼元 まごろくかねもと
□⑥騒乱前夜 そうらんぜんや
□⑦子育て侍 こそだてざむらい
□⑧竜笛嫋々 りゅうてきじょうじょう
□⑨春雷道中 しゅんらいどうちゅう
□⑩薫風鯉幟 くんぷうこいのぼり
□⑪偽小籐次 にせことうじ
□⑫杜若艶姿 とじゃくあですがた
□⑬野分一過 のわきいっか
□⑭冬日淡々 ふゆびたんたん
□⑮新春歌会 しんしゅんうたかい
□⑯旧主再会 きゅうしゅさいかい
□⑰祝言日和 しゅうげんびより
□⑱政宗遺訓 まさむねいくん
□⑲状箱騒動 じょうばこそうどう

新・酔いどれ小籐次 しん・よいどれことうじ　文春文庫

□①神隠し かみかくし
□②願かけ がんかけ
□③桜吹雪 はなふぶき
□④姉と弟 あねとおとうと

キリトリ線

キリトリ線

吉原裏同心 よしわらうらどうしん

光文社文庫

- □ ① 流離 りゅうり
- □ ② 足抜 あしぬき
- □ ③ 見番 けんばん
- □ ④ 清搔 すががき
- □ ⑤ 初花 はつはな
- □ ⑥ 遣手 やりて
- □ ⑦ 枕絵 まくらえ
- □ ⑧ 炎上 えんじょう
- □ ⑨ 仮宅 かりたく
- □ ⑩ 沽券 こけん
- □ ⑪ 異館 いかん
- □ ⑫ 再建 さいけん
- □ ⑬ 布石 ふせき
- □ ⑭ 決着 けっちゃく
- □ ⑮ 愛憎 あいぞう
- □ ⑯ 仇討 あだうち
- □ ⑰ 夜桜 よざくら
- □ ⑱ 無宿 むしゅく
- □ ⑲ 未決 みけつ
- □ ⑳ 髪結 かみゆい
- □ ㉑ 遺文 いぶん
- □ ㉒ 夢幻 むげん
- □ ㉓ 狐舞 きつねまい
- □ ㉔ 始末 しまつ

□ シリーズ副読本　佐伯泰英「吉原裏同心」読本

（　）内は解説者。品切の節はご容赦下さい。

安部龍太郎
バサラ将軍
新旧の価値観入り乱れる室町の世を男達は如何に生きたか。足利義満の栄華と孤独を描いた表題作他「兄の横顔」「師直の恋」「狼藉なり」「知謀の淵」「アーリアが来た」を収録。（縄田一男）
あ-32-1

安部龍太郎
金沢城嵐の間
関ヶ原以後、新座衆の扱いに苦慮する加賀前田家で、家老の罠に落ちた武辺の男・太田但馬守。武士が腑抜けにされる世に、義を貫かんと死に赴く男たちの美学を描く作品集。（北上次郎）
あ-32-2

荒俣　宏
帝都幻談（上下）
天保11年、江戸を妖怪どもが襲います。その危機に平田篤胤、遠山奉行らが立ち向かう。下巻では時代を嘉永6年に移し平田鉄胤と妻・おちょうが江戸を再び襲う化け物たちと対峙します。
あ-37-2

浅田次郎
壬生義士伝《みぶぎしでん》（上下）
「死にたぐねえから、人を斬るのす」——生活苦から南部藩を脱藩し、壬生《みぶ》浪と呼ばれた新選組の中にあって人の道を見失わなかった吉村貫一郎。その生涯と妻子の数奇な運命。（久世光彦）
あ-39-2

浅田次郎
輪違屋糸里《わちがいやいとさと》（上下）
土方歳三を慕う京都・島原の芸妓・糸里は、芹沢鴨暗殺という、新選組の内部抗争に巻き込まれていく。大ベストセラー『壬生義士伝』に続き、女の〝義〟を描いた傑作長篇。（末國善己）
あ-39-6

浅田次郎
一刀斎夢録（上下）
怒濤の幕末を生き延び、明治の世では警視庁の一員として西南戦争を戦った新選組三番隊長・斎藤一の眼を通して描き出される感動ドラマ。新選組三部作ついに完結！（山本兼一）
あ-39-12

あさのあつこ
燦　3　土の刃
「圭寿、死ね」。江戸の大名屋敷に暮らす田鶴藩の後嗣に、闇から男が襲いかかった。静寂を切り裂き、忍び寄る魔の手の正体は。そのとき伊月は、燦は。文庫オリジナルシリーズ第三弾。
あ-43-8

（　）内は解説者。品切の節はご容赦下さい。

井上ひさし
手鎖心中

材木問屋の若旦那、栄次郎は、絵草紙の人気作者になりたいと願うあまり馬鹿馬鹿しい騒ぎを起こし……歌舞伎化もされた直木賞受賞作。表題作ほか「江戸の夕立ち」を収録。（中村勘三郎）

い-3-28

井上ひさし
東慶寺花だより

離縁を望み決死の覚悟で鎌倉の「駆け込み寺」へ——女たちの事情、強さと家族の絆を軽やかに描いて胸に迫る涙と笑いの時代連作集。著者が十年をかけて紡いだ遺作。（長部日出雄）

い-3-32

池波正太郎
鬼平犯科帳　全二十四巻

火付盗賊改方長官として江戸の町を守る長谷川平蔵。盗賊たちを切捨御免、容赦なく成敗する一方で、素顔は人間味あふれる人情家。池波正太郎が生んだ不朽の〈江戸のハードボイルド〉。

い-4-52

池波正太郎
おれの足音
大石内蔵助（上下）

吉良邸討入りの戦いの合間に、妻の肉づいた下腹を想う内蔵助。剣術はまるで下手、女の尻ばかり追っていた〝昼あんどん〟の青年時代からの人間的側面を描いた長篇。（佐藤隆介）

い-4-93

池波正太郎
秘密

家老の子息を斬殺し、討手から身を隠して生きる片桐宗春。だが人の情けに触れ、医師として暮すうち、その心はある境地に達する——。最晩年の著者が描く時代物長篇。（里中哲彦）

い-4-95

岩井三四二
踊る陰陽師
山科《やましな》卿《きょう》醒笑譚《せいしょうたん》

貧乏公家・山科言継《ときつぐ》卿とその家来大沢掃部助《かもんのすけ》は、庶民の様々な揉め事に首を突っ込むが、事態はさらにややこしいことに。室町後期の京の世相を描いたユーモア時代小説。（清原康正）

い-61-4

岩井三四二
一手千両
なにわ堂島米合戦

堂島で仲買として相場を張る吉之介は、花魁と心中に見せかけ殺された幼馴染のかたきを討つため、凄腕・十文字屋に乾坤一擲の勝負を仕掛ける。丁々発止の頭脳戦を描いた経済時代小説。

い-61-5

（　）内は解説者。品切の節はご容赦下さい。

宇江佐真理
余寒の雪
女剣士として身を立てることを夢見る知佐は、江戸で何かを見つけることができるのか。武士から町人まで人情を細やかに描く七篇。中山義秀文学賞受賞の傑作時代小説集。（中村彰彦）
う-11-4

宇江佐真理
神田堀八つ下がり
河岸の夕映え
御廐河岸、竈河岸、浜町河岸……。江戸情緒あふれる水端を舞台に、たゆたう人々の心を柔らかな筆致で描いた、著者十八番の人情噺。前作『おちゃっぴい』の後日談も交えて。（吉田伸子）
う-11-15

植松三十里《みどり》
群青
日本海軍の礎を築いた男
幕末、昌平黌で秀才の名をほしいままにし、長崎海軍伝習所で、勝海舟や榎本武揚等とともに幕府海軍の創設に深く関わり、最後の海軍総裁となった矢田堀景蔵の軌跡を描く。（磯貝勝太郎）
う-26-1

海老沢泰久
無用庵隠居修行
出世に汲々とする武士たちに嫌気が差した直参旗本・日向半兵衛は「無用庵」で隠居暮らしを始めるが、彼の腕を見込んで、難事件が次々と持ち込まれる。涙と笑いありの痛快時代小説。
え-4-15

逢坂　剛
道連れ彦輔
なりは素浪人だが、歴とした御家人の三男坊・鹿角彦輔。彦輔に道連れの仕事を見つけてくる藤八、蹴鞠上手のけちな金貸し・鞠婆など、個性豊かな面々が大活躍の傑作時代小説。（井家上隆幸）
お-13-13

逢坂　剛
伴天連《ばてれん》の呪い
道連れ彦輔2
彦輔が芝の寺に遊山に出かけたところ、隣の寺で額に十字の焼印を押された死体が発見される。そこは切支丹の伴天連が何十人も火炙りにされた場所だった！　好評シリーズ。（細谷正充）
お-13-14

逢坂　剛・中　一弥　画
平蔵の首
深編笠を深くかぶり決して正体を見せぬ平蔵。その豪腕におののきながらも不逞に暗躍する盗賊たち。まったく新しくハードボイルドに蘇った長谷川平蔵もの六編。（対談・佐々木　譲）
お-13-16

（　）内は解説者。品切の節はご容赦下さい。

中村彰彦
われに千里の思いあり 上
風雲児・前田利常

前田利家と洗濯女の間に生まれ、関ケ原の合戦では、西軍へ人質に送られた少年は、のちに加賀藩三代藩主となる。風雲児・利常の波乱の人生。前田家三代の華麗なる歴史絵巻の幕開け。

な-29-14

新田次郎
武田信玄
（全四冊）

父・信虎を追放し、甲斐の国主となった信玄は天下統一を夢みる（風の巻）。信州に出た信玄は上杉謙信と川中島で戦う（林の巻）。長男・義信の離反（火の巻）。上洛の途上に死す（山の巻）。

に-1-30

新田次郎
怒る富士
（上下）

宝永の大噴火で山の形が一変した富士山。噴火の被害は甚大で、被災農民たちの救済策こそ急がれた。奔走する関東郡代の前に立ちはだかる幕府官僚たち。歴史災害小説の白眉。（島内景二）

に-1-36

野村胡堂
銭形平次捕物控傑作選 1
金色《こんじき》の処女《おとめ》

投げ銭でおなじみ銭形平次。その推理力と反骨心、下手人をむやみに縛らぬ人情で難事件を鮮やかに解決。子分ガラッ八との軽妙な掛合いも楽しい名作を復刻。厳選八篇収録。注解付き。

の-19-1

野村胡堂
銭形平次捕物控傑作選 2
花見の仇討

「親分、大変《てえへん》だッ」今日もガラッ八が決まり文句とともに、捕物名人・銭形平次の元へ飛んでくる。顔の見えない下手人を平次の明智が探る表題作など傑作揃いの第二弾。（安藤　満）

の-19-2

野村胡堂
銭形平次捕物控傑作選 3
八五郎子守唄

惚れっぽいが岡惚ればかりでいまだ独り身のガラッ八に、まさかの〝隠し子〟が……？　江戸風俗と謎が交錯する表題作など八篇収録。時代小説ファン必読の傑作選最終巻。（鈴木文彦）

の-19-3

林　真理子
本朝金瓶梅　お伊勢篇

慶左衛門は江戸で評判の女好き。噂の強壮剤を手に入れるため、お伊勢参りにかこつけて二人の妾と共に旅に出たが……。色欲全開、豪華絢爛時代小説シリーズ第二弾登場。（川西政明）

は-3-34

（　）内は解説者。品切の節はご容赦下さい。

火坂雅志
天地人（上下）
主君・上杉景勝とともに、信長、秀吉、家康の世を泳ぎ抜いた名宰相直江兼続。〝義〟を貫いた清々しく鮮烈なる生涯を活写する長篇歴史小説。NHK大河ドラマの原作。（縄田一男）
ひ-15-6

火坂雅志
真田三代（上下）
山間部の小土豪であった真田氏は幸村の代に及び「日本一《ひのもと》の兵《つわもの》」と称されるに至る。知恵と情報戦で大勢力に伍した、地方の、小さきものの誇りをかけた闘いの物語。（末國善己）
ひ-15-11

久木綾子
見残しの塔　周防国五重塔縁起
五重塔建立に関わった番匠たち、宿命を全うする男女の姿を、綿密な考証と自然描写で織り上げた、感動の中世ロマン大作。取材14年、執筆4年、89歳新人作家衝撃のデビュー作。（櫻井よしこ）
ひ-25-1

藤沢周平
隠し剣孤影抄
剣客小説に新境地を開いた名品集〝隠し剣〟シリーズ。剣鬼と化し破牢した夫のため捨て身の行動に出る人妻、これに翻弄される男を描く「隠し剣鬼ノ爪」など八篇を収める。（阿部達二）
ふ-1-38

藤沢周平
海鳴り（上下）
心が通わない妻と放蕩息子の間で人生の空しさと焦りを感じる紙屋新兵衛は、薄幸の人妻おこうに想いを寄せ、闇に落ちていく。人生の陰影を描いた世話物の名品。（後藤正治）
ふ-1-57

藤沢周平
逆軍の旗
坐して滅ぶか、あるいは叛くか—戦国武将で一際異彩を放ち、今なお謎に包まれた明智光秀を描く表題作他、郷里の歴史に材をとった「上意改まる」「幻にあらず」等全四篇。（湯川　豊）
ふ-1-59

古川　薫
斜陽に立つ　乃木希典と児玉源太郎
乃木希典は本当に「愚将」なのか？　戊辰戦争から運命の日露戦争、自死までの軌跡を、児玉源太郎との友情と重ね合わせながら血の通った一人の人間として描き出す評伝小説。（重里徹也）
ふ-3-17

文春文庫　最新刊

愚者の連鎖　アナザーフェイス7　堂場瞬一
完全黙秘の連続窃盗犯に相対した大友だったが——。人気シリーズ第七弾

また次の春へ　重松清
喪われた人、傷ついた土地。「あの日」の涙を抱いて生きる私たちの物語集

このたびはとんだことで　桜庭一樹奇譚集　桜庭一樹
文芸誌デビュー作品など六編からなる著者初の短編集、文庫化！

もう一枝《いっし》あれかし　あさのあつこ
山河豊かな小藩を舞台に、男と女の一途な愛を描いた五つの傑作時代小説

王になろうとした男　伊東潤
荒木村重、黒人奴隷・彌介等、信長に仕えた男達を新解釈で描く歴史小説

かげゑ歌麿　高橋克彦
殺し屋・月影を追う仙波の前に、歌麿の娘が現れた。ドラマ化話題作

国語、数学、理科、誘拐　青柳碧人
小六少女の誘拐事件が発生、身代金は五千円！　ほのぼの塾ミステリー

そこへ届くのは僕たちの声　小路幸也
中学生・かほりに幼い頃から聞こえ続ける不思議な声。感動ファンタジー

小籐次青春抄　品川の騒ぎ・野鍛冶　佐伯泰英
ワル仲間とつるんでいた若き日の小籐次。うまい話に乗って窮地に陥るが

御鑓拝借《おやりはいしゃく》　酔いどれ小籐次（一）決定版　佐伯泰英
来島水軍流の凄まじい遣い手、赤目小籐次登場！　シリーズ伝説の第一巻

八丁堀吟味帳「鬼彦組」　**雨中の死闘**　鳥羽亮
腕利き同心が集う鬼彦組。連続して仲間が襲撃される。シリーズ第十弾

回天の門〈新装版〉上下　藤沢周平
山師、策士と呼ばれる清河八郎の尊皇攘夷を貫いた鮮烈な三十三年の生涯

そして、メディアは日本を戦争に導いた　半藤一利　保阪正康
新聞、国民も大戦を推し進めた。昭和史最強タッグによる警世の一冊

名画の謎　旧約・新約聖書篇　中野京子
「天地創造」「受胎告知」など聖書を描く名画の背後のドラマを解説

やわらかな生命　福岡ハカセの芸術と科学をつなぐ旅　福岡伸一
寄り合い好きのダンゴムシ。福岡ハカセの目に映る豊穣な生命の世界

街場の文体論　内田樹
「書く力」とはなにか。神戸女学院大学での教師生活最後の講義を収録

小鳥来る日　平松洋子
靴下を食べる靴、セーターを穿くおじさん……。日常のなかの奇跡を描く

買い物とわたし　お伊勢丹より愛をこめて　山内マリコ
プラダの財布から沖縄で買ったやちむんまで「長く愛せる」ものたち

羽生善治　闘う頭脳　羽生善治
トップを走る思考力の源泉を探る。ビジネスにも役立つ発想のヒント満載

ジブリの教科書12　**千と千尋の神隠し**　スタジオジブリ＋文春文庫編
日本映画史上最大のヒット作を、森見登美彦氏らが徹底的に解剖する